D+

dear+ novel
tsunaide_link me up ・・・・・・・・・・・・・・・・・・・・・・

つないで イエスかノーか半分か 番外篇4

一穂ミチ

新書館ディアプラス文庫

つないで イエスかノーか半分か番外篇4

contents

illustration：竹美家らら

ひらいて

――報道番組のチーフプロデューサーの男性から暴言などのパワハラを受けたとして、制作会社に勤める三十代の男性ディレクターが訴えを起こしました。この男性は……。

……うるせぇな。

手探りでリモコンを掴むと電源を切った。ソファに転がって天井を見上げる。テレビをつけっぱなしで寝落ちしていたようだ。リモコンを手にしたままぼんやり考えた。今の、夢だっけ、それともテレビのニュース？　……どうでもいいか。再びテレビをつけて確かめることはせず、栄《さかえ》はゆっくりと起き上がる。シャワー浴びて、初日だからスーツ……はたりいな、ジャケットだけでいいだろ。お行儀よく、ご挨拶《あいさつ》だけに留めるつもりはないし。

風呂場に向かおうとすると、ソファの隅っこに追いやられていた携帯が着信音で引き止める。「設楽宗介《したらそうすけ》」という発信者の名前を見て軽く眉を寄せ、黙って出る。

『おはよう、起きてた？』

明るい口調から、すくなくともトラブルや緊急事態のたぐいではないのが分かった。「何だよ」と応じる。

『モーニングコール』

「は？」

『いきなり遅刻っていうのも心証悪いからさ』

「大きなお世話だ」

栄はしかめっつらのままぼさぼさの髪を乱暴にかき上げた。

「用もなくかけてくんじゃねえよ」

『俺が用事ある時はたぶん面倒な案件ばっかになるけど、どっちがいい？』

「最悪の二択だな」

面倒さはいやというほど知っている。切って捨てるように毒づいても、元上司かつ本日からは再び上司になる男の上機嫌に水を差さないらしい。『じゃ、また後ほど』と楽しそうに電話を切った。

本当に、ただ起こすだけの電話だったのか。暇かよ、とつぶやいて携帯を放り出す。


それから一時間後、今までいたコンテンツ事業部ではなく、報道フロアの一角にある『ザ・ニュース』のスタッフルームに初出勤した。

「おはよう、栄」

さっきのモーニングコールの主、そしてこの島の総ボスでもある設楽が立ち上がると「好きなとこ座って」と机を指差す。

「俺以外、固定のデスクはないんだ。まあ、それでも何となく決まってきちゃうんだけど……資料や私物は個人ロッカーに入れといて。スタッフは順次やってくるけど、皆そろう頃にはもう忙しくなってるから、紹介とかはオンエア後でいいかな?」

「別にいい、全員知ってるだろ」

半年前、一日だけイレギュラーで番組を手伝わされたので、相馬《そうま》栄の存在くらいは認識しているはずだし、人事情報も知れ渡っているだろう。

「駄目だよ、あの日来てないスタッフもいるんだから。あ、あと歓迎会の日程の希望あったら言って」

「出ると思ってんのか?」

「出ると思ってないからこうして釘《くぎ》刺してるんだろ?」

釘を刺す時、設楽の笑顔にはいつもいっそう磨《みが》きがかかる。つるつると摩擦を殺し、栄の悪《あく》態《たい》もにらむ視線もその表面を滑《すべ》るばかりでひびひとつ入れられない。それでも返事をせず、なるべく離れた机に陣取って各紙朝刊のセットをどさっと積むと、べらべらめくって記事をチェックしながらパソコンで取材予定や出稿《しゅっこう》状況を見る。

「おい、きょうの構成は?」

「そうやってすぐ話しかけてくるんなら隣にいればいいのに」

「まだがらがらのうちから隣とか不自然だろ」

「そうかなー。トップネタは考え中。小粒で決め手に欠けるんだよね。月曜だからスポーツは多め、天気コーナーで夜桜中継あり、企画はV尺《しゃく》八分のが一本。構成表はオンエアDがきてから作る」

番組開始が午後十時、今はまだ昼前だからまあそんなものだろう。これから夕刊が来て、各局昼の情報番組から夕方のニュース……と切れ間なく状況は動いていく。生の帯《おび》番組は久しぶりだった。コンテンツ事業部の前は制作でおおよそ十年バラエティを作っていたのが栄のキャリアの中核で、そのさらに前はたったの数カ月、夕方ニュースで設楽の下にいた。よく考えるまでもなくニュースって初心者だな、と思う。それがチーフプロデューサーなどとご大層な肩書きまでくっつけられてここにいるのは、斜め向こうに座るゼネラルプロデューサーのわがままが原因だと踏んでいる。設楽は権力に執着しない割に、いざとなったら強権《きょうけん》を振るうことにためらいがない。

徐々にスタッフが集まり始め、その多くは栄の近くにやってくると「おはようございます」「よろしくお願いします」と借りてきた猫のていでお行儀よく挨拶し、栄が新聞に目を落としたまま「ああ」とか「どうも」と生返事をすると米袋くらいの肩の荷を下ろしたようにささっと逃げ出した。まあこんなもんだろうな。予想していたとおりの反応だった。無愛想なのも口が悪いのも自分勝手なのも、それらに起因《きいん》する悪評も、当然自覚している。他人によく思われたい気持ちがゼロなので別に構わない。

「相馬さん」

栄が初めてまともに顔を上げたのは、バラエティ時代にＡＤ（兼子分）だった深《しん》の声を聞いた時だった。

「おはようございます！　あの、きょうからまたよろしくお願いします」

自分と相対《あいたい》して、こんなにも喜びのオーラを放つ人間はこの世にこいつぐらいだろうなと思う。打たれ弱いのかその逆なのか、まあまあ長いつき合いなのに今でも謎で、度重なる波風をものともせず深は栄の子分であり続けている。

「おう」

それまでよりは自分比でややまともな返事をしたついでに用事を思い出した。

「そうだ、深」

「はい？」

「きょう、フロア代われ」

「えっ？」

面食らう深の頭越しに「いいよな？」と設楽に問いかける。

「いきなり何言い出すかな」

「こないだはオンエアDやったから、きょうはフロアDやるつもりだったんだよ」

それで副調整室《サブ》とスタジオ、両方が俯瞰《ふかん》できる。チーフPの業務からずれているのは承知だが、一回は体験しておきたかった。

「きょうは見学だけでいいかなと思ってたんだけど」

「そっちのほうがかったるい」

「名和田《なわだ》がいいって言ったらいいよ」

「だってよ」と深に向き直る。深は緊張した顔つきで「俺のフロア、そんなに駄目ってことですか」と尋ねた。

「あかんとこあるんやったら、具体的に教えてください」

「いや知らねえよ、一日しか見たことねえんだから。俺が個人的にやってみたいからきょうだけ代われって話」

「あ、そうなんですか……」

途端にほっとして顔をゆるめる、これはOKと取っていいんだろう。そして次第に人が増え、夕方ニュースの追い込みが終われば、慌ただしさはそのままこちらにバトンタッチされる。きょうはフロアと決めていたので、ネタ決めや打ち合わせはもちろん、Vにも原稿にも基本口出しはしなかった。ネタに合わせたプロンプを用意し、オンエアの順番どおりにクリップで留めてスタジオでの段取りやカメラワークを頭の中に叩き込んだ。続々と仕上がるテロップやCGのプリントアウトを束《たば》で受け取ると、猛スピードで誤字脱字をチェックする。ディレクター、デスク、とダブルチェックを経てもこぼれ落ちるものはある。

「この容疑者の名前、普通の「高」とハシゴ高《だか》が混在してるぞ、どっちだ？　この意識調査は年と年度間違ってないか？」

自分の足下《あしもと》がすこしずつ傾斜《けいしゃ》していく気がする。ゆっくりと傾き、それにつれて足取りは忙《せわ》しなく、小走りから全力疾走に変わる。時間を追い、時間に追われる。鼓動が高鳴るのは恐怖じゃない。たった一時間足らずの生放送に凝縮され、研《と》ぎ澄まされていく感覚。集中する。没《ぼっ》入《にゅう》する。真剣、違う、これより面白い遊びを知らないだけだ。演者《えんじゃ》が続々とスタジオに集まり、スポーツ担当の皆川竜起《みながわたつき》は「きょう相馬さんがフロア？　まじでー？」とでかい声で騒いでいた。

「圧がすげー！　噛んだら殺されそー」

「そんな法律がありゃいいけどな」

「こわ！」

気前のいい笑顔の目は笑っていない。きっとこいつも「想定外」にわくわくするたちだから、見てろよ、と思っているのだろう。何かと気に食わないガキだが、その向こうっ気だけは買ってやる。

小道具や大掛かりなCGを使ったスタジオ展開の動きをリハーサルで最終確認し、いよいよ午後十時を迎える。

――こんばんは、「ザ・ニュース」今夜もおつき合いください。さて最初の話題は……。

MCの麻生《あそう》が切り出し、サブキャスターの国江田《くにえだ》がVTRへつなぐリードを読み上げる。

――国土交通省の幹部が、部下にパワハラ行為を繰り返していたことが明らかになりました。

旭《あさひ》テレビの取材に対し、この幹部は「パワハラの認識はなかった」と話しています。

VTRが流れ、スタジオが映らなくなるとわずかに安堵する。とはいえ、何らかのトラブルで急にVが途切れ、スタジオの画《え》に降りてしまう可能性もあるので、気を抜いていられないのだが、またパワハラかよ、と栄は頭の片隅で思った。またって何だ、ああ朝の、あれは結局現実だったっけ？　もちろん片隅の思考であって、大半は放送にそそがれている。インカムで副調整室のようすを聞きつつVの残り尺をプロンプで出してスタジオを見渡し、この後の進行を全員が把握しているか、表情で察する。始まったばかりのこの空気を、一時間の間にどう温め、練り上げていくか。

フロアは演者を乗せるのが仕事、たとえ副調整室が戦場の様相を呈《てい》していようとどっしり構えていなければならない、いちばんに演者に頼られ、任される存在でなければならない――そんなのは、この一日では無理な話。そもそも愛想で他人を気持ちよくさせるスキルは生まれついてゼロ、だからきょうは、とことんやりたいようにやってみようと決めていた。

『一分押しです』

きょうのゲストコメンテーターは元官僚で、省庁は違えどパワハラ問題にいろいろ思うところあるのか熱く語り出し、早くも予定尺をオーバーする。栄は、動かずに黙って聞いていた。「まとめてください」のプロンプを出そうとするADを手で制し、気を散らさないよう続けさせる。霞ヶ関《かすみがせき》の生々しい内情が興味深いのと、「怒り」という力のある、いいコメントだと思ったからだ。まじめに働いている人間が、どうしてこんなことで苦しめられねばならないのか――根底にある憤《いきどお》りはシンプルかつ真っ当だった。表情も声もいい。もっと吐き出させろ。

一分半押し、一分四十五押し、二分押し……一時間、CM尺を除けば五十分弱の番組でまだ冒頭とはいえ二分押すのは結構な事態だ、それはもちろん分かっている。

『そろそろまとめさせてください』

とうとう痺《しび》れを切らしたか、オンエアDから指示が出る。

『AD、巻き出せ』

「出さなくていい」

栄はなおも制した。

「まだ、ノってしゃべってるだろ」

『いやでも、二分押しだし話長いっすよ』

「全然聞ける、MCも切り上げようとせずに絶妙な相づち挟んでるだろ」

押している、と思えばどうしても焦《あせ》るから、話の内容がストレートに入ってこなくなる。でも視聴者はそういう時間感覚で見ない。

『どうすんすか』

「おいおい考える」

スタジオにいる裏方は全員この押し押しの状況を分かっているのでそわそわし始めていたが、

栄は平然と答えた。

『そんな悠長な……』

「大丈夫、この感じならあと三十秒以内には終わる」

それで二分四十五押し、とインカム越しに嘆息《たんそく》が聞こえてくる。スタジオの柱はフロアD、副調整室の柱はオンエアD、生放送にはこの両者のせめぎ合いがつきものだった。おそらく深ならこんな強引なやり方はしない、でも栄はせっかく火がついたこの空気に水を差したくなかった。それでいて、自分がオンエアDに回った時は「言うこと聞けや」と押さえつけたくなるのだから勝手なものだ。

ほら、面白い。演者とスタジオと副調整室と、三方向の我《が》がぶつかり合い、番組にうねりが生じる。押し勝ったり競《せ》り負けたり散った火花で火傷《やけど》をしたり。わくわくする。


「――ザ・ニュース、そろそろお別れの時間となりました。またあした」

麻生の締めコメに合わせてテーブルについた演者が頭を下げる、それをカメラが舐《な》めて放送終了。モニターがCMに切り替わったのを確認すると膝立ちのまま天井を仰《あお》いだ。照明のまばゆさにぎゅっと目を閉じた、その目尻の横を汗が流れ落ちていく。それからスタジオを見渡し、周囲の視線で、あ、しくじったなと悟《さと》る。オンエアの空気と一緒に自分の頭も冷えていく。

「……キューシートとか構成表の意味ない」

ぼそっと誰かがつぶやくのが聞こえたが、声の主を確かめる気にはなれなかった。おそらくこれが総意だ。

オンエア自体は、栄の基準ではうまくいった。面白かった。気まぐれにわがままを通したわけじゃなく、自分なりに番組をつくった結果だが、どうやらやりすぎた。あれはいらないこれはもっと聞きたい、そっちはひと言受ければよし。いきなりやってきたやつに引っかき回された、と反感を買うのは当然だ。副調整室から集まってきた面々も、釈然《しゃくぜん》としないふうだった。前にオンエアDをやった時は緊急事態だったのもあり、栄の独断専行《せんこう》はむしろプラスに働いたが、平時だと軋轢《あつれき》の種で——何かの兵器か、俺は。

「いやーきょうは全体的にスリリングだったな～！」

皆川だけがテンションを保ったまま、無駄にでかい声を響かせる。「それ、片づけときます」とプロンプの紙束を引き取りにきた深は、所在なさげな表情だった。お前が気まずい顔してどうする。ゆっくり立ち上がったのに、軽くめまいがする。さっきまで感じていなかった腰や膝の痛みが、ツケ払いみたいに一気にきた。

「はい、皆さんきょうもお疲れさまでした」

放送中、進行にひと言も口を挟まなかった設楽がスタジオの真ん中で発する。

「いつもより過激な尺の押し引きはありましたが、ま、後でゆっくり録画を見てください。

……で、弊社《へいしゃ》の人事異動に伴《ともな》い、きょうから新しいチーフPとして加わった相馬くんです。去年、一日助っ人に来てもらったから知ってる人も多いと思いますが、どうぞよろしく」と、設楽がひととおり説明したので別にもう何もねえやと黙っていると「あいさつ」と促《うなが》されたので、仕方なく口を開いた。

「あしたからは自重《じちょう》する」

そのまま手ぶらでスタジオを出て行くと、遅れてまばらな拍手が聞こえてくる。


『さっさと帰っちゃって』

帰宅するとまた電話がかかってきた。

「今度は何コールだ?」

『おやすみコール?』

「よし、もう寝る、もう寝た」

『そんなよい子じゃないだろ』

栄の塩対応を軽くいなして設楽は「お疲れ」と言った。

「さっきも聞いた」

『何度でも言わせてよ。どうだった?』

答えようがないって分かってて、こういう大づかみな質問してくんだろうな。栄は「足腰にきた」とそっけなく返した。

『ほぐしに行こうか』

「やめろ、通報すんぞ」

『ひどいな』

「……そういうあんたは？」

『ん？　面白かったよ、新鮮でさ』

黙ると、「何か言えよ」と催促される。

「……ああ、そう」

『張り合いないな。じゃあ、おやすみ。ほんとにゆっくり休めよ、あしたからもよろしく』

どうしてだろう、自分から切ったのに、ぽつんと置いていかれた気持ちになるのは。こういうとこがほんと腹立つんだよ、とぶつければ「え、俺のせい？」と苦笑するだろう、その表情を想像してさえむかっとした。

設楽は、栄を好きだと言う。ＶＴＲや番組を作る才も含めた相馬栄が丸ごと対象なのだと何となく理解しているが、やつの頭の中では栄養素の成分表みたいに細分化されているのかもしれない。カメラ何％、編集何％、演出何％、性格何％……絶対知りたくねえな。

栄にとっての設楽は、まあはっきり言うと嫌いなタイプだった。つねに笑顔を保ちそつがなくて抜かりもなくて油断がならない。栄のとげとげしい言動にびくともしないところもしばしばいらつく。でも設楽は、栄に「好きだと言ってくれ」とは言わなかった。「好きになってくれ」とも。「お前の男にしてくれ」という要求は悪いものじゃないと思えたから受け容《い》れた、それでここ半年くらい続いている。「ザ・ニュース」に引っ張り込まれたのもいやじゃなかった。身体だの心だのより、能力を求められるほうがよっぽど安心できる。能力ならある。一定の方面において、一定の水準以上に。でも力だけじゃ駄目なのはすでに経験済みで、きょうまたそれを、改めて思い知らされた。

通話中のわずかな熱さえ消えた携帯の、真っ黒な液晶を見るとやけに重たく感じられる。うまくいかないだろうなっていうのは分かってて、どうせあんたも分かってて、あしたも番組はあって。ベッドに沈没する。「自重する」と言った、その意味も真偽も、質《ただ》されなかった。訊いたところでまともに答えないだろ、自分が設楽ならそう言う。うつ伏せの後頭部に耳鳴りが響いてくる。

——あんたがそんなんだから、皆ついていけなくなって辞めるんすよ！

いつか聞いた非難を伴って。分かってる。変わらなきゃ繰り返すだけなのも分かってる。でも、何をどう変えればいいんだ？

狭苦しい編集室で、あす出しのＶＴＲをプレビューする。貧困層を支えるＮＰＯの活動に密着した、七分間のV。取材したのは栄より年上のDだったが、全身の皮膚にうっすらと緊張の膜《まく》をまとっているのが分かった。新人でもあるまいし、いつもはもうすこし気楽に構えているのだろう。見終わった後、栄が何の意図もなくちょっと首を回しただけでその膜はさらにぶ厚くなる。

「どう？　栄」

設楽が尋ねる。栄は至って平坦な声で答えた。

「一分半あたり、雑感《ざっかん》のカットに政党のポスターががっつり映ってる。選挙期間中じゃねえけど、別のカットで差し替えられるんならそうしたほうが無難、二分過ぎ、黄色ベースにオレンジのテロップが読みづらい、あと、雨の日のカットで『雨模様』ってナレ原稿に書いてるけど、雨模様ってよくある誤用で『今にも雨が降りそうな状態』だから——以上」

立ち上がると、膜がすうっとうすらいで消えていくのが分かる。

「じゃあ、俺から気になったところ言ってくね。頭まで戻してくれる？　えーと……」

設楽の言葉は聞かずに編集室を出て廊下を歩いていると深に出会った。

「おはようございます」

「おう」

そのまますれ違うつもりだったのに、深は足を止め、方向転換してついてくる。

「荒木《あらき》さんのV、プレビューしてはったんですよね」

「そう」

「早かったですね」

「俺から言うことなんかそんなねーし」

「……そう、ですか、ね」

奥歯にものの挟まったようなぎこちない反応だった。振り返って顔を見ようとはせず「会議行ってくる」とエレベーターホールに向かったのに、深はまだ追ってきて「初日のオンエア」と話し続ける。

「皆、反省会終わってすぐテレビんとこに大集合して見てました」

「そら、ゼネラルPに見とけって言われたらな」

「言われなくてもしてました。オンエア中はいっぱいいっぱいやったけど、視聴者の目で確かめたかったんです。……いつもと違うメリハリがついてて、すっと、シャープな印象の番組になってて……やっぱり相馬さんはすごいって、思いました」

くるっと深に向き直ると、軽くびくっとされたが、目は逸《そ》らされなかった。

「きょうのは面白い、フロアの回しでこんなに変わるって、誰もが感じたと思います。勉強になりました――俺も、俺なりにもっと試行錯誤していきます」

こいつは大丈夫だ、と思う。前の番組が終わる時、深もいろいろ痛い目を見て、ただ栄を崇《すう》拝《はい》するだけの子分ではなくなった。

「そりゃどうも」

まだ言いたいことがあるのは分かっていたが、再び背中を向ける。無人のエレベーターに乗り込むと、寝不足でもないのにあくびが出てくる。全身のだるさは、むしろ不完全燃焼による倦怠《けんたい》だろう。異動から一週間、番組は、栄という新たな異物を少々つっかえつつ飲み下し、今のところ平穏に動いている。

自重する、という宣言どおり、栄は自分から何も主張しなかった。Vや原稿に関しては放送上引っかかりそうなポイントだけを指摘し、番組内の企画会議でも、考査《こうさ》やコンプライアンスの面からの意見しか言わない。間違っても映像や演出には口出ししない。こうして退屈な会議もさぼらないし、各種の事務仕事やオンエアの立ち会いもこなしている。番組を監督するチーフPとしての義務は果たせているはずだ。誰も何も言ってこない、苦情もなければおべんちゃらもない、早くも凪《なぎ》の状態。一度だけ皆川が「もうフロアもオンエアDもしないんですかー?」と絡んできたが無視した。会議室のあるフロアに到着すると、扉が開く前にもう一度生あくびをする。

オンエア後、書類仕事にかまけていると図《はか》らずも設楽とふたりきりになった。管理職の常で、膨大《ぼうだい》な取材メモや事務連絡のメールに目を通し、あるいは作成しているうちにどんどん時間を食われる。

「栄」

「何だよ」

「奥《おく》さまが、次の週末こっちにくるから一緒に飲もうって。土曜日空けといて」

深夜一時を回るとさすがに報道フロアも人がまばらで局地的に照明は落とされ、泊まり勤務の記者も椅子でうとうとしたり深夜番組を見たり、そういうゆるい時間帯のせいだろうか、栄の口からはふっと意図しない笑いが洩れた。相変わらず席は遠いのに、設楽にはちゃんと聞こえたらしい。

「何笑ってるの」

「未だにあいつのこと奥さまって呼ぶの、あんたのほかにいるのかと思って」

奥さま、別に誰の配偶者でもなく、共通の知人、奥睦人《むつと》がかつてここで働いていた時のあだ名だった。三人でつるんで映画や飲み屋に出歩いていたのはもう十年以上昔の話だけれど。

「今さら変えるのも変だし。店は俺が取っといていい？　ここ近辺じゃないとこね」

睦人は、すこぶる後味の悪いかたちで旭テレビを去った。それも昔の話、でも設楽は気を遣っているのだろう。ノートパソコンの電源を落とし、ロッカーに入れるため立ち上がる。

「もう上がる？　きょう車だから送ってくよ」

「近所なのに車とか却ってめんどい」

「まあそう言わずに……お、電話だ、こんな時間に。ちょっと待ってて」

設楽が携帯に構っている間に、さっさと帰ることにする。深夜だと省エネとかでエレベーターの稼働《かどう》数が絞《しぼ》られるので、案外待たされた。階数より先に「閉」ボタンを連打し、箱が降下を始めると今度はため息がこぼれた。ふたりきりでいて緊張した、と認めるのが悔しい。「ザ・ニュース」の誰も何も言わないように、設楽も栄に何も言わなかった。傍《はた》から見ればこのゆるさで大丈夫かと思うほどおっとりと番組をまとめている。そもそも、ああしろこうしろと口うるさい性格じゃなく、設楽が真剣に何か言ってくる時は、本当にもうぎりぎりの状況だという証明で――だから、怖かった。怖いと認めるのも怖くて、そんな感情を起こさせる設楽を疎ましく思う。

――すこし休んだら、また新しく楽しいことを探そう。

前にそう言われた。現状、栄は楽しくないし設楽も同じに決まっている。

あんたが勝手に決めて勝手に期待してただけで、俺が応《こた》えてやる義務なんてない。胸のうちでつぶやけば脳内の男は「ん？」とすっとぼけてみせる。バーチャルだが限りなくリアルに近い自信がある。

――そう、勝手に期待してるだけだから栄も勝手にすればいいんだよ。

ここにいると、どんどん仮想設楽の完成度が上がっていきそうだった。何の役にも立たない。

静岡でフリーのグラフィックデザイナーをしている睦人は、打ち合わせがあり東京に来ていたらしい。三人で会ったのは去年の十二月が最後で、睦人の話はもっぱら春先に生まれた第二子のかわいさについてだった。

「長男がぐれても知らねーぞ」

ほらほらと鼻先に突きつけられる携帯のムービーからあからさまに顔を背《そむ》けると「心配してくれてありがとう」とまじめに言われた。

「何でだよ」

「でも長男がいちばん赤子にでれでれだからさ。もう何でもお世話したがっちゃって」

「そりゃよかった」

と設楽が笑う。

「よかったって言ったら設楽さんじゃないすかー」

「ん?」

「だって、ほら、」

「——設楽」

睦人の言葉の途中で、誰かの声が割って入る。男がテーブルを覗き込んでいた。設楽と同じくらい、四十代半ばと見える。ある程度以上長く業界にいる人間はなぜかひと目で分かる。服装とか髪型といった目に見える要素ではなく、どこか「まともじゃない」雰囲気をまとっている。そしてうっすら見覚えがあった。個人情報のインプットにいたって消極的な自分が引っ掛かっているのだから、間違いない。どこかの現場で会ったか？

「三芳《みよし》」

顔を上げて振り返った設楽の横顔が、ぱっと明るくなったので栄は驚いた。子どもっぽくて無防備な喜びの表情。いつものにこやかさは栄の無愛想と同じ武装の一形態に過ぎないので、基準値の笑顔から上下することは珍しかった。しかも、こんなにあからさまに。

「久しぶり、去年の夏以来か？　こんなとこで会うとは」

「何言ってるんだよ」

三芳と呼ばれた男も目尻をくしゃっと縮めて笑う。

「弊社のすぐ近所だろ」

「それもそうか」

「うちの人間もけっこう出入りしてるから、仕事の話はほどほどにしとけよ」

「気をつける」

やっぱりテレビ関係者、近所ってことは大和《やまと》テレビか、とあたりをつける。

「栄、奥さま、紹介するよ、大和テレビの三芳。局は違うけど俺と同期入社なんだ。今は『マイ・ドキュメント』のPやってる」

やっぱりな。そして名前だけでは気づかなかったが、番組名とセットにされるとようやく脳内メモリにヒットした。大和テレビの三芳駿治《しゅんじ》、敏腕Pとして雑誌や新聞で取り上げられることもしばしばの有名業界人だ。

「あ、見てますよ俺」

睦人が手を挙げる。

「めちゃめちゃ面白いですよね、こないだの、アマゾンの先住民族の回とか最高でした」

「ありがとうございます、いや、不意に視聴者に会えると嬉しいな。設楽と一緒にいるってことは、そちらは『ザ・ニュース』の方かな?」

「いや、彼は全くの別業種、こっちの相馬が春からうちのチーフP」

「ひょっとして『ゴーゴーダッシュ』やってた相馬くん? また強力な戦力を補強したもんだな」

栄もそれなりに知られているが、おそらく実績のほうが尾ひれで悪評が主体となって人の口に上っているだろう。でも三芳の口調には意地悪な含みも、その逆の腫《は》れ物に触るような気遣いもなく、率直な感心に聞こえた。よろしく、と名刺を差し出され、栄は持っていなかったのでごく軽い会釈《えしゃく》だけで席から立ちもせず片手で受け取った。

「じゃあまた」

そう言って離れかけた三芳を、睦人が「あのー」と呼び止める。

「おひとりですか?」

「そうですが。もう帰るところで」

「じゃあ、よかったら設楽さんと二軒目行って水入らずで話したらどうです? 貸し出しますよ」

思わず「は?」と声を出しそうになったが先に設楽と三芳が同時に「え?」と発した。

「奥さま何言ってんの?」

「いや、せっかくだしと思って」

「いいですよ、お気になさらず。我々は会おうと思えばいつでも……」

三芳もそう遠慮したが、睦人は「そう言ってると案外時間取れないもんでしょ」と食い下がる。

「ふたりともお忙しいんでしょうし。ていうか、俺も相馬に内々で相談したいことあったんで」

「何だ、俺がいたら邪魔ってこと?」

「いえ、そこはほら、まあ」

「分かった分かった——らしいから三芳、つき合ってくれる?」

「いや、俺は嬉しいけど……気を遣わせてしまって申し訳ない」

「いえいえ、番組楽しみにしてます」

睦人が愛想よく手を振り、ふたりを見送る。設楽がいた席には空《から》のグラスとカトラリーだけが残された。

「何やってんだお前」

栄は眉をひそめる。

「や、だって、珍しく設楽さん素で嬉しそうだったじゃん？　あ、友達といるとこんな感じなんだ、みたいな。新鮮だった。もっとあの人としゃべりたいんじゃないかと思って」

睦人のほうが設楽とは長いつき合いだから、同じ変化に気づいていたようだ。

「三芳さんに混ざってもらったってよかったんだけど、何せほら、相馬が無愛想にもほどがあるし。十年ぐらい先輩の名刺、訪問販売の営業からもらうみたいな受け取り方して自分は渡さないとか……」

「土曜日まで名刺なんか持ち歩くかよ」

「平日だってどうせ携帯してないんだろ」

あっさりと見破られ、分《ぶ》が悪いのでウイスキーの追加を頼んでごまかすと「で？」と話題を変えた。

「何だよ相談って、乗らねえけど」

「方便に決まってんだろ」

「紛《まぎ》らわしい嘘つくな」

「俺も相談するんなら相手選ぶし」

さっきから的確なことばっか言いやがって。仏頂面《ぶっちょうづら》でウイスキーを呷《あお》っていたら今度は不意に「ごめん」と言われた。

「あ?」

「いや、一瞬でも心配させたなら悪いと思って」

誰にも言えない苦悩を抱え込んで煮詰めに煮詰めた挙句、爆発してしまった過去が睦人にはあって、栄と設楽の人生もすくなからず影響を受けた。お互い敢《あ》えて触れることはしないが、睦人の中のしこりは一生消えないのだろう。

「アホか」

軽くいなして「飲めよ」とドリンクメニューを突き出す。

「烏龍茶《ウーロン》ばっか飲んでねえで」

「いやきょう車で帰るから。にしてもさっきさ、ちょっと豪華だったよな」

「何が」

「だって人気番組のP三人が一堂に会《かい》すってかっこいいじゃん、何か。達人同士の顔合わせみたいな」

「俺をそこに入れんな」

「何言ってんだよ」

睦人は笑い「おめでとうって言うの忘れてた」とさっきまで設楽がいた空席を見やる。

「何だ、誕生日か」

「違うよ、いや知らないけど。また相馬と一緒に番組やれるようになってよかったですねってこと。喜んでるだろ？」

「……さあな」

「またまたー。あの人、ずっとお前の仕事には入れ込んできたじゃん」

その思い入れこそが栄を身動き取れなくしている一因でもあるので、祝われても複雑な気持ちだ。そしてずっと前に睦人から言われた台詞《セリフ》を思い出す。

「……奥、昔俺に言っただろ、『背中で引っ張ってくPになれると思う』って」

「うん、覚えてるよ」

栄はまだ入社二年目の新人で、自分が責任を負う立場になる未来を想像できなかった。

「覚えてるし、今も思ってるけど？」

「人を見る目がねえよ」

「何で」

「失敗が実証されてるから」

そして今、二度目の失敗はごめんだから、背中も肚《はら》の中も見せない。「ほどほど」を知らずオンオフしかない栄のやり方はいつも意識すらしないうちに他人を振り落としてきた。自信たっぷりなわけがなくて、模索も葛藤《かっとう》も年中無休で妥協だってしている。でもいつも周囲は

「お前のようにはできない」と口をそろえて言う。そして植えつけたつもりもない劣等感や引け目で卑屈になっていくか、こいつを認めたらおしまいだとばかりに栄を嫌悪《けんお》するか、だいたいその二択だった。週一の放送じゃなく月金の帯、しかも生となればそこに到達されるのはあっという間だろう。嫌われるのも孤立するのも怖くない、でも自分の広げた波紋《はもん》が器にまでひびを入れて壊してしまうのはもういやだ。

だってここは、あんたの番組だ。

細く長く、息を継いで遠くまで泳いでいく方法を習得しなければ。毎日のコンテンツだから、毎日カンフル剤を打つわけにはいかない。初日のようなフロアを続けていたら、どこかで事故るか周りが磨耗《まもう》する。全力で水を掻《か》いていないと溺《おぼ》れて沈む、それじゃやっていけない。クオリティにこだわるよりも「間に合わせる」ことが至上命題、危険な要因はなるべく切って捨ててとにかく何かを無事に放送しなければならない、というスタイルに、栄のほうが合わせていくべきなのだ。そのためにもがく覚悟くらいはあったのに、蓋《ふた》を開けてみればもがき方も見当がつかないていたらく。

「失敗、なあ……」

睦人は頬の内側に空気を含み右へ左へと移動させ腕を組んだ。栄がどんな経緯《けいい》で制作を追われたのか、番組を終わらせなければならなかったのか、設楽はどの程度話しただろうか。

「俺なんか気楽な自営業が長いから、人の中でやってかなきゃならないきゅうくつさってもう忘れちゃってんだよ。でもあれだよな、若い時って、好き勝手に突っ走っても、ひとりかふたり分かってくれる人がいて、要所要所でフォローしてもらえたら案外何とかなるんだけど、下の人間ができると、今度は自分がフォローしなきゃいけないんだもんな」

自分の言葉に自分で納得したようにうんうん頷くと「相馬のスキルは偏《かたよ》ってるからなー」と苦笑した。

「がむしゃらに突っ走っていいもん作る力がずば抜けてるのに、集団に溶け込んで合わせるとか頼るとか任せるとか、ただそんだけのことができない」

「うるせえ」

何だ、これじゃ俺がお悩み相談してるみたいじゃねえか。情けなさを自覚すると酒がまずくなる。

「それこそ設楽さんに言えばいいじゃん」

しかも、できたら苦労してねえよ、というアドバイスだ。

「言うか」

「だってチーフPとゼネラルPだろ？　あっちのが上司には変わりないじゃん。設楽さんは何があっても相馬をフォローしてくれると思う」

そんなことは百どころか千も万も承知、何も考えていない振る舞いで考えているし、栄に関してはとことん真剣だ。突き放す時も引っ張り上げる時も。その確信がおそろしいし重苦しい。

あいつの手は借りねえ、と栄は言い張った。

「お前も絶対に余計なことしゃべんなよ」

「もししゃべったら……？」

絶交、というワードをふたり同時に口にした。見事なシンクロに睦人はけらけら笑う。一滴も飲んでないくせしてよくそんなご陽気になれるな。

「相馬のそういう人間くさいとこが伝わるだけで違うんだけどな」

「余計なお世話だ」

「俺、お前が夕方ニュースやってた時代に作ってたV、覚えてるよ」

睦人は不意に笑顔を引っ込めてつぶやいた。

「山奥の限界集落の話で、じいちゃんとばあちゃんの夫婦が、えっちらおっちら山道歩いてお地蔵さまにお供《そな》えしに行くの。互いの足下気づかって、手ぇつなぎながら。あれがすげえ好きでさ、過疎《かそ》の寂しさと、ふたりのおんなじカーブで曲がった背中のほほ笑ましさと、山の深さと……十秒もないカットの中に年月とか人生とか、詰まってた。全然知らない人たちなのにいろいろこみ上げてきて、泣きそうになったな」

「回したのはカメラマンだぞ」

「そんなの分かってるよ、でもいっぱい回した素材の中から相馬が選んで、Vの流れの中であそこを選んでつないで……お前が作ってなきゃ、ああいうふうに感動してない。Vには人間が出るってそういうことだろ?」

　言われても、そんなの作ったかな、程度にしか思い出せなかった。DVD化や配信のルートに乗らない、日々のニュースの中の一コーナーに過ぎなかったのだろう。映画やドラマとは違う、どれだけの人間がどの程度の熱量で見ているのかなんて、期待するのもおこがましい。視聴率は「テレビを見ている」のと「テレビがついている」の違いは作り手には分からない。スポンサーを口説いて番組を生き延びさせるための単なる成績表。

　ルーティンの中に埋もれていった映像の断片でも心に残っていると教えられれば嬉しくないわけじゃない。でも、そんなに素直に称賛できるのはお前が畑違いの人間だからだ、とも思った。


　睦人と別れて家に帰り、録画したまま見そびれていた「マイ・ドキュメント」を再生する。オランダにある、尊厳死を支援する組織の活動を紹介していた。日本と違う法制度と、利用者や家族の声、最期《さいご》の時に至るまでのプロセス、静かで厳《おごそ》かで、重いが苦しくはない。改めて、取捨選択された構成によくできてるなと感心した。テロップもナレーションも最低限、むしろ必要不可欠とはいえない外国の街並みや夕暮れのカットが印象的に差し挟まれる。こっちに走りすぎると自己満足だ、ミニシアター系映画でも作ってろ、と言われるところだが、そのぎりぎりをちゃんと見極めてある。深刻なテーマでありながら視聴者に「是非《ぜひ》を問う」とか「一考《いっこう》を促《うなが》す」といった押しつけがましさがない。生死に関わる問題は特に「ほら、他人事《ひとごと》じゃないよ、これ見てちゃんとお勉強して」的な上から目線の啓発《けいはつ》になりがちなのに、だいぶひねくれた栄が見ていても鼻につく部分がなかった。

番組の構成として基本的に案内役はいないが、プロデューサーの三芳自身がちょいちょい出てくる。取材対象に会うため電車に乗っている時の横顔だったり、インタビューの内容に聞き入っている静かな表情だったりした。カメラの前で抑制《よくせい》された、ぎこちない喜怒哀楽が却って感情を強く意識させる。多弁ではないが、ところどころで「どうなのかな」とか「難しいね」とつぶやく。このありふれた、芸のないひと言ふた言に効果がある。きれいにまとめない。うまく言わない。視聴者が疑問に思ったり、引っかかったりしそうなポイントで三芳が出てくることで目線が同じになり、作る側も同じ人間だ、と伝わる。自分自身が取材者になったような錯覚をも覚えるかもしれない。ハンディカメラを多用しているのもそういう狙いだろう。自らがカメラの前に露出する、というのは、珍しくはないが栄には絶対できない演出だ。録画を一時停止し、ネットで三芳に関する記事を検索してみると、「自分が出るのは安上がりだからですよ」と語っているインタビューを見つけた。

——外のタレントさんはギャラが発生しちゃうし、ディレクターをこき使うのも何かと問題になるご時世ですから（笑）。

――自分でやるのは、管理職で時間外の給与が発生しないっていう現実的な理由。僕の仕事、時給に換算したらびっくりされると思いますよ。ナレーションも、役者さんとか声優さんじゃなく、うちのアナウンサーを使います。だってそのために技術磨かせて育ててるわけですからね、ネームバリューはいらない、誠実に読んでくれさえすれば。そういうところで切り詰めて、本丸の、取材の部分ではなるべく制限なくやりたいんです。LCC乗り継いであちこち飛び回って、身体が悲鳴上げてますけどね……。

まあ、顔も声もそこそこテレビ映《ば》えするからできるんだよな、と思った。ネタは何でもあり、それこそ地球の裏側の未開の地に飛んだかと思えば、ラブドールの工房に密着したりもする。不定期の特番、というかたちを取っているのは、サイクルが固定化されるとクオリティを下げざるを得ないから、らしい。局側は数字の取れるコンテンツをレギュラーとして押し出したいに違いないが、押し返して自分の希望を通すあたり、三芳の発言権が相当大きいのだろう。じゃあ辞めます、と言えば番組そのものが成り立たなくなるほどの存在だということ。

そうやって譲《ゆず》らない図太さで設楽と気が合うのだろうか。風呂に入って多少酔いを飛ばし、さっぱりした頭に再度アルコールを注入すべく冷蔵庫を物色していると、玄関の鍵が開く音がした。

「ただいま」

「俺んちだよ」

設楽は構わずキッチンにやってくると「もらうよ」と冷蔵庫から水を取り出し、ふたつのグラスに注《つ》いだ。

「栄もどうぞ」

「いやいらねえし」

「まだ飲む気だった？　やめとけよ」

そんなのは自分で決める。グラスを受け取らずに缶ビールを選んでその場でプルタブを起こし、口をつける。

「あーあ」

これ見よがしの挙動に軽く肩をすくめ、片方のグラスをカウンターに置くとリビングのテレビ画面に気づき「『マイ・ドキュメント』見てた？」とソファに腰を下ろす。

「この回好きだったな。いつものことだけど、よくできてる」

そう言って勝手に再生を押すので栄もソファに戻った。

「見たんだろ」

「二回見たっていいだろ」

現代医学がどう手を尽くそうが治らない病に罹《かか》り、苦痛より死を選んだ青年が、最期の夜を過ごす。施設に集まった家族や友人と和《なご》やかに談笑し、思い出を語り合う。死の方法は薬物の点滴。好きな音楽の流れる部屋で「いい人生だった。さようなら」と言い残し、痩《や》せた腕に注射針が沈むアップでまぶたを閉じるように画面の上下から黒くなり、日付が白く浮かび上がる。死んだ日。そして明転したカットでは銘《めい》を刻んだ墓碑《ぼひ》の前に三芳が佇《たたず》んでいた。

――一応、日本からお線香持ってきたんだけど……このにおい、知らないとびっくりしちゃうかな。何が燃やされてるんだ？って。まあでも、こういうことあれこれ考えるのも、生きてる人間だけだよね。

カメラは、広い墓地全体を捉える。同じ規格の、いくつもの墓石にエンドロールが重なる。線香に火を灯《とも》したのかどうかは明らかにされず、遠く沈んでいく夕陽がちいさな火球《かきゅう》に、たなびくうすい雲が煙のようにも見える。

「ああ面白かった」

座ったまま、設楽が大きく伸びをする。

「きょう、奥さまと話弾《はず》んだ？」

「そっちこそ」

「ああ、強引にセッティングされて正直面食らったけど、いろいろ積もる話もできたし結果的に感謝だね」

「あんたにも普通の友達がいるんだな」

率直に述《の》べると「ちょっとはね」と返ってきた。

「だっていないと寂しいだろ？」

こんな台詞を平然と吐くから信用できないのだ。

「あいつ、警視庁担当の時に一緒だったんだよ。記者クラブに懐かしのスーファミ持ち込んでドラクエ3に夢中になったりさ。あれまだ使われてるかな。栄がいた時あった？」

「覚えてねえよ」

「じゃあ誰かが捨てちゃったのかも。ふたりとも熱心な記者じゃなかったから、やばい全然ネタ取れてないって時は、協力して新聞記者の後尾《つ》けたなー」

「もっとましなエピソードはねえのかよ」

「んー……ふたりして関係者の顔写真《ガンクビ》取ってくるのが苦手、ていうか嫌いだった」

「へえ、丸め込んで取るの、得意そうなのにな」

「それは俺を褒《ほ》めるていでけなしてる？」

今はSNSをやっていない人間のほうがまれで、写真を入手するのは昔ほど難題じゃない。結果、殺したり殺されたりを想像だにしなかっただろうな、という能天気な動画や静止画がSNSのクレジットとともに巷《ちまた》に溢れかえる。卒アルのぼやけた写真と同様、栄には必要性の分からないしろものだが、ニュースを作るうえでは基本的に不可欠だった。全社横並びならともかく、「よそは持っている」となれば失点で、最悪なのは「うちだけが取れていない」ケース。

「まあ、家族とか遺族に頭下げてお願いするのは仕方ないけど、いやなのは、写真残らずさらってこいって言われること」

よそを出し抜くために、アルバム根こそぎ借りていく。バカバカしい常套《じょうとう》手段だ。

「だから、どんなに怒られてもそれはしなかったな。良心とかプライドじゃなく、単に『どうしてもいや』。三芳もおんなじ感覚だったみたい」

出会った時、設楽はもう夕方ニュースのPをしていた。三十過ぎでそのポジションは結構なスピードだから、どうせ若い時分からそつなく軽快に階段を上ってきたんだろうと漠然と考えていた。そして、いざとなればそこからひとりで飛び降りる決断も辞さない。

「ふたりとも記者としては駄目すぎたし、辞めようかっていつも言い合ってたのに、今、いちばん懐《なつ》かしくしゃべるのってその時代の話だな。何でだろ？」

「年食ったからだよ」

「もうちょっと丁寧に結論づけてくれ。……で、めでたく出稿部門から番組部門に異動になって……三芳は、当時からじっくり作り込むVがすごくうまくて、大掛かりな特集とか硬派な特番でめきめき頭角《とうかく》現してって、『マイ・ドキュメント』はその集大成って感じするな。とりわけ新奇《しんき》な試みはないんだけど、キャリアと実力のあるプロがきっちりまじめに作ったらいいものになって、視聴率もついてくる――テレビ離れの時代に希望のある話だなー」

「褒めちぎるね」

「え、ひょっとして嫉妬してくれてる？」

ますますうさんくさいにこにこ笑顔にあてられて心底げんなりした。

「異次元の思考回路だな、何でそうなるんだよ」

「だって俺、ふだんから割と人を褒めるほうだけど？」

「それとは違う感じがした」

「えー？　じゃあやっぱり嫉妬だ」

「ふざけんな何で寄りかかってくんだよ重てえな」

「飲み過ぎたかな、ふらついちゃって」

「嘘つけ」

寄りかかる、というかのしかかってくる身体の重みは悪態に反してほっとするものだった。そういえば最近やってなかったな。つけっぱなしのテレビの雑音は特に邪魔でなく、むしろかしこまって周辺環境を整えられるより、生活の合間にするセックスのほうが気楽でいい。設楽も基本的にはそう思っている気がするが、急に高いホテルを取って引っ張り込んでくる時もあるから油断ならない。

押し倒されたまましぶとくビールを飲んでいたがとうとう「邪魔」と取り上げられ、半分ほど残った缶はローテーブルに安置される。行為の後、ぬるまって炭酸が抜けた液体を飲み干すところを思い浮かべる。舌を刺す鋭さはもうなく、温度が上がった分だけ味は濃い。決して飲みたいとは思わないのに、喉が渇いてくるのはなぜだろう。

ビールで冷えた舌に水で冷えた舌が絡《から》まり、相乗でつめたくなるばかりのはずが、あっという間に互いの体温を上昇させる。写真をごっそりいただくのがいやだという男は、口唇《こうしん》に残った苦味を残らずまさぐり尽くすことにはためらいがないらしい。舌先で唇をなぞられるとうなじの神経がざわざわ逆撫でられ、けれど不快ではない。

溶けない飴玉《あめだま》をねぶるようについばみ合った唇が離れた時、栄の口から出たのは「嫉妬」という単語だった。

「あんた、俺の作るVに嫉妬するって言ってたな、昔」

「言ったね」

そうだっけ？　とかしらばっくれるかと思いきや、設楽はあっさり認めた。栄のTシャツを脱がせながらではあるが。

「お友達には嫉妬しねえの？　お友達だから？」

するとと不意を突かれたように視線を天井に向ける。

「……考えたこともなかった」

「絶賛してるのは口先だけでそんなでもねえのか」

「違う違う。嫉妬って独特のチャンネルで発動するだろ、たとえば芸人でも、テレビに出ずっぱりの人気者が、知名度も収入も比べものにならないけどストイックに舞台踏んでる後輩を目の敵《かたき》にするみたいなケースってままあるわけで。そういう意味で、三芳は対象外なんだな。理由は分からないけど、すごいな、次に見せてくれるものが楽しみだなって思うだけ」

「ふーん」

反《そ》らした喉《のど》の、喉仏から顎《あご》にかけて気まぐれに撫で上げると「くすぐったいよ」と指を掴まれた。そしてそのまま設楽の口の中へ。

「もし栄が同い年だったり、何かの要素が違ってたら何とも思わなかったかもしれない」

「大変だな、ややこしくて」

「そうだよ」

指先を甘噛みしながら「お前は全然分かんないの？」と尋ねる。

「人のV見て悔しいとかちくしょうとか」

「こんな撮り方しやがってとかつなぎ方しやがってって思うのはしょっちゅうだよ」

「それは全然違うだろ」

指にかかる歯の圧を感じながら、今度は栄が考える。

「……めし作る時、何にするか決めるだろ、材料選ぶだろ、自分で調理して味付けして、その時自分が食べたい味にする、それだけだ。味見しながらだからとんでもなくまずくはならねえし、逆にうまさに感動するわけもない。俺にとってV作るってのはそういうことだよ。外食がうまけりゃ自分でも参考にするかとは思うけど、悔しいって感情は別に湧かない」

レシピのお約束や常識はある程度踏襲《とうしゅう》するとして、他人の口に合うかどうかなんて思い詰めるだけ無駄だし、自分の味覚にのっとってやってみるしかない。

「舌と腕の両方をハイレベルで兼ね備えた人間はそうはいないんだけどな」

「だからそれは、あんただったり、他人が勝手に言ってることだろ。俺は別に、自分が特別よくできると思ってこの仕事やってるわけじゃねえ」

たまたま就職して、たまたま辞めずにここまで来ている、ただそれだけだ。辞めたいという衝動に駆られた時も、設楽が許さなかった。あんたに何の権限があんだよ、と思いながら今もテレビという世界にいる。

設楽は指先に軽くくちづけ、栄を見下ろしてふっと笑った。

「……ずるいな、栄は」

ごく軽い笑いは、いくぶんかの諦めを含んで見えた。お前には分からないだろうね、と。一方的に線を引かれ、隔《へだ》てられた気がした。これまで栄から遠ざかっていったたくさんの人間と同じに。一瞬、猛烈な怒りに襲われ手を振り払う。

ずるいのはあんただろ。いざとなったら一切口出しさせず好き勝手するくせにそうやって図々しく被害者ぶりやがって。悔しさぐらい俺だって知ってる。長年の独りよがりがたたって、内側からすこしずつ軋《きし》んでもろくなっていた番組が終わった時、設楽だったらこんなふうに瓦《が》解《かい》させなかっただろうと思った。どうしたらいいのかと自問するたび浮かぶのは設楽の軽々とした笑顔だった。栄には絶対できないやり方でしたたかに人をまとめて折れない。嫉妬、とは違う。でも悔しくて恥ずかしかった。醜態《しゅうたい》を晒《さら》すのは設楽の嫉妬を裏切ることだったから。

矛盾してる。自分なんか何でもないと思っているくせに、設楽にそう見切られるのは我慢ならない、なんて。

束《つか》の間の腹立ちはすぐにそんな自身へのおかしさと呆れに取って代わられ、栄は片手で目元を覆《おお》って声なく笑った。

「栄？」

「何でもねえよ。おかしなやつと一緒にいると、こっちの精神まで不安定になる」

「お前が安定してる時なんてある？」

「何だと？」

「まあいい年して、気分次第で当たり散らかしたり口もきかないのなんてしょっちゅうだろ。かと思えば今みたいに妙なツボで笑ってるし」

「だからそれでひくーく安定してんだよ」

「してないしてない」

設楽は顔を寄せてこめかみにくちづけると「本当にぐらついて落っこちる前に自己申告してくれ」とささやいた。どんな顔をしていたのか見えなかった。できない、と早めに白旗《しらはた》あげたらまた異動させてやるってことか？　栄にはそれが訊けない。

訊けないまま首に腕を回し、食らいつくようなキスをした。さっきよりずっと激しく口腔《こうこう》を貪《むさぼ》ると体の中で落ち着きかけていた火が風に煽《あお》られるように大きく揺らめくのを感じる。

「……ほら、不安定」

「ごちゃごちゃうるせえな」

設楽といるとあれこれ考えずにはいられない自分に向けた言葉だった。設楽は「はいはい」と受け流し、首すじに舌を這わせる。春の真夜中は、寝具もない場所で肌を晒してただ転がっているには寒い。だから目の前の手っ取り早い温《ぬく》もりを求める。指から舌から、欲望という燃料を足されるのを望む。

「あ……」

乳首に触れられ、瞬間走った寒気がすぐにちりちりと表皮を灼《や》いた。熱さとつめたさがとても似通《にかよ》った感覚だと、セックスするとよく分かる。ぞくぞくと膚《はだ》に走るふるえが揮発《きはつ》する側《そば》からじわっと熱くなる。下のスウェットが下着ごとずらされ、半《なか》ば起き上がっていた性器を外気に竦《すく》む間もなく擦《こす》られて息を詰めた。

「んっ……！」

その場所の正直さにいつも羞恥《しゅうち》や屈辱《くつじょく》よりは安堵を覚える。愛撫に沸き立つ血と肉の生々しい実感が栄は好きだった。あれこれ小難しいこと考えたって無駄だな、と安らげる。所詮《しょせん》動物だよ、お互いに。

「あ、ああ」

手と指の行いで張り詰めたそこを、今度は口で追い上げられた。生温かく濡れた粘膜《ねんまく》に包まれると射精の本能が一気に刺激され、精管《せいかん》がぎりぎりと引き絞られるのを感じる。解き放たれたい、という肉体の声に逆らって衝動を押し留め、口淫《こういん》の快感に耽《ふけ》る。根元から先端まで丁寧に舐め上げられ、ぬるぬると濡れた器官はさらに湿潤《しつじゅん》な口腔にぴったりと締めつけられる。

「ん、ん……ぁ」

喉と上顎と、浮き上がった血管をわずかに圧迫する歯の感触。危うさ混じりの興奮は腰ごと蕩《とろ》かしそうに強烈で、それでもまだ、もうすこし耐えられるのに、昂《たか》ぶりから離れた口唇はもっと奥を探ろうとする。

「あ！」

そこはまた別の我慢が必要な箇所《かしょ》で、挿《い》れて出す側のセックスよりは不慣れな身体がとっさに逃げようとし、けれど指一本、ずるりと潜《もぐ》り込まれてしまえばピンで留められたのろまな虫みたいに身動きが取れない。まだ潤《うるお》いの足りない後ろに舌が唾液《だえき》を送り、指がなかを探りながら浸透《しんとう》させていく。いたずらめいた蠢《うごめ》きで立つ音は、くちくちと後ろめたいなまめかしさだった。

まだひらききっていない口で異物を食《は》む痛み、内臓をじかに遡《さかのぼ》られる苦しさは毎度新鮮で歓迎できない、でもそこからくるりと皮を裏返されたように現れる性感の確かさももう知っている。特に、肉体の構造として快楽を得るようにできている地点を探られると一瞬で不快が快に反転し、下腹部で膨張する発情とあまりに激しいスイッチの切り替えの両方に頭がくらくらした。性的な施《ほどこ》しに味をしめた粘膜が栄の意思と関係なく収縮する。

「ああっ……！」

酸素を貪《むさぼ》りたいのにうまく息を吸えない、どころか喘《あえ》ぎばかりがこぼれていく。苦しいのも気持ちいいのも、自分ではどうすることもできない。生《せい》の実感というのは、身体がたやすく心を裏切ると思い知ることかもしれない。

じゃあ、心が心を裏切るのは何だろう。

「ん、ん……っ」

思考まで指にかき回されて働かない。ほっとする。拡《ひろ》げられた奥にまで設楽の体液が届いていく、その、地図をどんどん侵略されていく感覚にも。ひとときだけ、手放し、明け渡したい。それを許容できる相手は、憎たらしいことにひとりしかいないのだった。

「やわらかくなってきた」

「い、ちいち……言うな」

「安心するだろ」

「怖気《おじけ》づくぐらいならはなからやってねえ」

違うよ、と設楽は、それこそやわらかく言った。

「俺がだよ」

「意味分かんねえ」

恐れなど、不安など、なすりつけてくるな。でもいつも平気な顔をされているのもいらいらする。設楽のせいなのに、不安定さを呆れられるのにも。

「あぁ、あ、あっ」

内側から擦《こす》られ、転がり落ちるように高まっていく肉体の興奮をもうどうしようもない。止められない、押さえられない、抱えきれない、ぐるぐる回転を上げていろんなパーツが焼き切れそうな気がする。

「あ、さわんな」

暴発寸前の性器を扱かれ、頭を打ち振る。

「一回出しとくほうがいいのかなと思って」

「いい。そっちのが後でしんどい」

「ああ、だよね」

平然と脚を広げてくる設楽に手加減するつもりはないらしい。

「あっ……!」

指でさんざん弄《いじ》られた後口に設楽の欲望が触れる、それだけで背がしなり指先まで引きつる。ひくひくと自己主張するそこは至ってささやかなのに、あられもなく性器の直径を含み、呑み込んでいく。でもすべてを咥《くわ》え込む前に設楽が半ばほどの奥行きで前後を始めるから浅いところだけ先んじて欲情させられてしまう。

「あ、ああ、やめろ、あ……っ、あぁ」

奥からきゅうきゅうと雄を搾《しぼ》ると、昂ぶりは放出の管《くだ》を開放しとどめようのない強烈な射精を迎えた。そして吐き出した後で弛緩《しかん》するタイミングを逃さず全長が突き入れられる。

「ああっ……！」

脳裏《のうり》には真っ白なカットと真っ黒なカット、白パカと黒パカが交互に点滅した。全身に響く心音を熱くて硬いもので攪拌《かくはん》され、心臓のかたちまで造りかえられてしまいそうだ。

「……どっちにしてもしんどかった？」

先端でやわらかな内奥《ないおう》をたぐりながら設楽はうっすら笑っている。いつものうさんくさい表情よりはましだが、むかつく。

「あ、この……」

「うん？」

「……思いつかねえ」

何なんだろう、あんた、何なんだろうな。俺の男、そうだしそれでいいんだけど。

「へんなところで素直だな」

ぐっと前かがみになった設楽が、肩に引っ掛けた栄の足首の内側に音を立ててくちづけた。

そして、エネルギーを使ったばかりの性器に片手を伸ばす。

「ん、っ、ああ……」

蹴《け》り飛ばしたいほど触られたくないのに、律動と同じリズムで巧《たく》みに摩擦されると、ひりつくような嫌悪はまた発情へと化学変化を起こす。前が興奮するとつられたように後ろもひくつく反応をあからさまにし、それが設楽を喜ばせているのも手に取るように分かる。粘膜を押し返すように膨れ上がる血管、脈を速くし、硬さを増す怒張《どちょう》。腹に飛んだ精液は、のぼせる肌の上でまだ冷えない。

「ああ、あ、っあ――」

栄は、栄の男を抱く。潤んでひらいた下の口で膨張をものともせずに抱いてしゃぶる。そのなかで栄の男は栄を突き上げ、栄に擦りつけ、栄を感じさせる。心臓が露出したような激しい鼓動で栄を充たして、ほかのいっさいを締め出してしまう。

設楽について、はっきり好きだと言い切れる面があるとしたら、ひたむきにセックスするところだろう。技巧じゃなくて臆面《おくめん》のなさ。まあ褒めたとしても照れもせず「中途半端にやったって時間の無駄だろ」とか涼しい顔で言ってのけそうだけれど。性行為に心身の労力を割《さ》いてこなかった栄には新鮮だった。設楽はほかの人間ともこんなセックスをしてきたかもしれない。栄にしているこれも、今までの踏襲なのかもしれない。そう考えても、別に腹は立たなかった。特定個人を思い浮かべないからだろうか。

「栄、何考えてる?」

「べつに」

「そう？　——集中してね」

角度を変えてぐっと抉られる。

「あ、して、るよ……っ」

設楽のことを考えていたのだから、広い意味では。

「ほんとかな……あ、いきそう、もっと強くするよ」

「あぁ！　あ、待て」

「待たない」

「あっ、んんっ……ああ」

何度も繰り返される挿入。でも快感は一様《いちよう》ではなく、都度微妙に違う場所が強弱と緩急のついた電気を帯びる。気持ちいい、にこんなに細かなバリエーションがあるのを、設楽と寝るまで知らなかった。喫水《きっすい》をはるか超えて溢れる快楽になすすべなく溺《おぼ》れていく解放感と恍惚《こうこつ》も。

自分の身体で相手を感じさせる満足感も。

気持ちいい。

「栄」

「あ……っ、ああ、っ！」

充ちて充たされたその先にはまたうんざりするばかりの焦燥が待っているとしても。

無人のリフレッシュスペースでノートパソコンを開き、オンエアを見返してちょこちょこメモを取っていると深《しん》が通りかかる。

「お疲れさまです、こんな時間まで何してはるんですか？」

「有料素材の確認」

最近は特にスポーツ選手やタレント関係で権利がややこしいし、報道でも映像や写真を買うのは日常茶飯事だ。不手際があると「もうおたくには使わせない」ということにもなりかねないが、基本的には何を何秒使ったか申請書と照らし合わせてチェックするだけなので何ら難しくはない。

深はまた、ちょっと引っかかる、という顔で小首を傾《かし》げる。相馬《そうま》さんがやらんでも、と思っているのだろう。実際、自分が制作のPだった頃は下に丸投げして、上がってきた請求書にすらろくに目を通さなかった（そして細々した出費がかさんだ結果番組予算を圧迫し、上から小言を言われる）。

でも今は、栄《さかえ》にしかできない仕事など何も抱えていないから、誰にでもできる作業をしている。苦じゃない、楽だ。何でたったこれだけのことを、あの頃放り出していたんだろう？

——もっと楽しいことが目の前にあったから。

洩れそうになるため息を言葉で封じ込める。

「つーかお前こそこんな時間まで何やってんだ、二時回ってんぞ、さっさと帰れ」

手で払う動作をすると、深は吹き出した。

「何だ」

「相馬さんにはよ帰れとか言われる日がくるなんて思ってもなかったです」

仕事外でも人権無視に等しいこき使い方をしていたので、無理もない。でもいやみや皮肉をちっとも含んでいないあたり、こいつはつくづくバカだと思う。

「働き方改革働き方改革ってうるせえんだよ」

「そうですね」

それでも深は立ち去ろうとせず、軽くあたりの気配を窺ってからちいさな声で「最近、劇場行ったりとかしてます?」と尋ねた。

「行かねえよ、何の用事があって行くんだ」

お笑いの劇場に足を運んでいたのは、もっぱらバラエティ番組の素材を探すためだった。生の舞台とテレビは全然違う、でもテレビというメディアでどうやって演出すれば芸人の味は伝わるのか、もっと活きるのか、考えるのは飽きなかった。番組と相馬栄の名が知れてくると特に若手は躍起《やっき》になって目に止まろうとし、そのぎらぎらした熱気と野心はうざったくも面白くもあった。もう終わったキャリアの話だ。

そっけない返答は想定内だったのか「んー……」と困ったように笑う。

「そうなんですけど……相馬さんが来てくれはったら、皆喜ぶと思います」

「まさか」

「喜びますよ、こないだも『モーターコイル』のふたりと会ったんですけど、相馬さんどないしてはる、って気にしてました」

何度か番組で使ったコンビの名前を久しぶりに聞いた。別に元からバラエティが好きだったわけじゃないので、分野を離れると一気に疎《うと》くなる。

「へえ」

「GWはハワイロケに連れてってもらったらしいです。日焼けしてました」

聞き流しながら作業を完了させ、パソコンの電源を落とす。ただでさえ省エネで照明の落とされたエリアは、モニターの光がなくなるといっそう暗くなる。暗がりの中で深を見つめる。

「お前さ、俺に何が言いたいわけ？　さっきからどうでもいい話ばっかしてるけど」

「……どうでもよくはないです」

深は緊張をあらわに、でも「すいません」と逃げたりはしなかった。栄の下についていた時は、「すこしでも相馬さんの機嫌を損ねたらこの世《そこ》の終わり」くらいの悲壮な雰囲気さえ漂わせていたのに。

「自分の手離れた演者《えんじゃ》がどうなろうが知ったことじゃねえよ。向こうだってそうだろ」

「それは違います」

そう、こんなふうに真っ向から反論してくるなんて想像もできなかった。

「ハワイロケは関西ローカルの番組ですけど、そこのPが『ゴーゴー』に出てた時のモーターコイル見てうちで使いたいって言ってくれてたみたいなんです。ようやく実現して、ふたりとも感謝してました」

「バカじゃね」

次につながる仕事をした自分たちを素直に誇《ほこ》ればいいのであって、栄への感謝などお門違《かどちが》いも甚《はなは》だしいと思った。

「俺は、あのふたりの気持ちが分かります。相馬さんは、すごい仕事をしてきました。でもそれは大変なことでもあって……『ゴーゴー』終わって、コンテンツ事業部に行かはった時、ちょっとほっとしたんです。相馬さんの作ったもんを見られへんのは寂しいけど、もうこれ以上無理してほしくなかったから。でもすぐニュースにきて、今度は嬉しいけど心配で」

「腑《ふ》抜《ぬ》けてるから安心したか?」

「ある意味では」

こいつ、腑抜けを否定しやがらねえよ。

「正直、自分でも何が言いたいんかよお分かりません。またキレッキレの相馬さん見てわくわくしたい気持ちと、前みたいにぼろぼろになるまで仕事さしてまうんは絶対あかんっていう両方があって……」

「何だそりゃ」

栄は鼻で笑った。自分のしでかしたことで自分より傷ついたり悩んだりする人間がいるなんて、知りたくない。

「お前、俺のおふくろか何かかよ」

「違います」

深は言った。

「子分です、ずっと。相馬さんがそう言うてくれたから。……設楽《したら》さんも、前に『あいつらしい』って」

「は?」

まさかこの流れでその名前が出てくるとは思わず、乱暴にパソコンを閉じる。

「子分やったら嫉妬することも、勝手に敗北感に打ちのめされて離れていくこともないって。だから俺は子分でいたいです。できれば、前よりはもうちょっと役に立つようになって」

確《しか》と理由は分からない、でも栄はたまらなく不愉快だった。むかつく、腹立つ、いらいらする。俺の知らないとこで何を思おうがしゃべってようが自由だけど、何でいちいち言ってくんだよ。黙って席を立ち、パソコンをロッカーにしまってからわざわざフロア違いの喫煙所に向かった。事務系部署の近くだから、この時間は誰もいない。職場として完全に眠りについている、番組系では望めない静けさに安堵して煙草をふかしていたが、安息も長くは続かなかった。

話し声と足音が近づいてくる。誰だよ。自分と同じように穴場狙いの喫煙者がいるようだ。出るか。まだ半分以上残った煙草を灰皿でねじり消し、穴に落とし込んで腰を浮かせるのと扉が外から開かれるのがほぼ同時だった。

「相馬さん！」

異口同音《いくどうおん》に放たれる名前。さすがコンビ、息ぴったりだな、と褒《ほ》めてやる気にはなれない。何なんだきょうは、と思う。ついさっきまで深が話していた「モーターコイル」のふたりが目を丸くしている。

「何やってはるんですか、こんなところで」

喫煙所で煙草を吸う、目的にかなった行為をしていただけだ。栄はとりあえず腰を下ろしと弁解する。

「お前らこそだろ」と言った。コンビは顔を見合わせてから「ちょお、待ちが発生したんで」

「スタジオの外の喫煙所、人ぎゅうぎゅうやって、あんま雰囲気もよおないんで逃げてきました」

「何待ちだよ」

「兄さんのご機嫌待ちです」

名前を挙げられた元凶は売れっ子のピン芸人だった。画面上では場の隙をうまく突いて柔和《にゅうわ》かつ芯を食ったコメントをするので人気だが、素は相当面倒な性格だった。ちょっとした段取りのミスや情報伝達の行き違いで「やる気なくした」とへそを曲げてぷいっと楽屋に引っ込んでしまう。空気をうまく掬《すく》い取れるのは人の一挙一動に細心の注意を払っているから、よって粗《あら》もすぐに見抜かれるし、不手際に立腹するのは、内心では自分に自信がなくて傷つきやすいから——風向き次第でぽきりと折れてしまう人気商売の危うさを理解してくれている、と本人が納得できるタイミングさえあればまあまあ話が通じるのだが、今収録に携《たずさ》わっているスタッフがどの程度関係を築けているのかまでは栄の関知するところじゃない。

「最近は特に、キレる時多くて」

「寂しいいうか、物足りへんのやと思います」

うっかり興味に任せて訊いてしまったら案外話が続いてしまう。いやこっちはもういいんだけど。

「……相馬くんがおったらこんなことあれへんのに、って、ほかの局でも口ぐせみたいになってます」

「次に俺の名前出したら代わりに殴っとけ」

「できませんて」

勝手に記憶を美化されるなんて迷惑極まりない。立ち上がると今度は「『ザ・ニュース』どうですか」と訊かれた。

「普通」

「名和田《なわだ》くんに訊いてみても、うーんて感じであんまり教えてくれへんから、ひょっとしたらうまくいってないんかなって」

「それがお前らに何か関係ある?」

つっけんどんに返すと一瞬はっと口をつぐんだものの、そこで終わらなかった。

「関係は、ないですけど……バラエティ離れて、ニュースは全然違うんでしょうけど、僕らにはそれは分かりませんけど、これが相馬栄やでっていう仕事、してほしいじゃないですか」

「僕ら、自慢ですもん、『ゴーゴーダッシュ』に出さしてもらったんやでって、今でも後輩にドヤってますよ。あれ見て芸人になったやつらもおるんですよ」

煙草を取り出しもせず言い募《つの》る、その熱量にうんざりする。Pになって以降は人気番組という看板を守るためにいつも必死で、背後からどんどん崩壊していく吊り橋を走り続けているような感覚だった。振り向いたらもう駄目だと悟《さと》ってしまう、立ち止まったら落ちるだけ、でも向こう側に何があるのかないのかも見えない。思い出したくもない。狂いそうに憎くて、狂おしく愛していた、あの仕事を。

相馬栄の名前とともに誰かの口から語られる思い出が、また別の誰かにとって呪《のろ》いになるのを栄は知っている。あれほどには面白くない、あれがまだ続いてたらな……比較され、否定される。人気バラエティ番組「ゴーゴーダッシュ」はぶった切られるように終わってしまったがために、その特別性を担保《たんぽ》される。あやうさも失速も、視聴者や演者に悟られずにすんだ——

いや、たぶんひとりだけは分かってたな。

「もうとっくに終わったもんにしがみついて、うっとり盛《も》って浸《ひた》ってんじゃねえよ」

気持ち悪いな、と栄は吐き捨てる。

「そんなん言うんやったら引導《いんどう》渡してくださいよ」

見開かれた目玉から見えない糸が伸びてきて首を締め上げられる。苦しい。

「納得さしてくださいよ、どこに行こうが相馬さんは相馬さんやって、『ゴーゴー』は終わってもうたけど、相馬さんのためにはよかったんやって。ちゃんと次につながってるって……僕らかて、ちゃんと成仏《じょうぶつ》したいんです」

栄は黙ってふたりを押し退《の》け、喫煙所を出た。何で俺がこんな、逃げるみたいに——逃げてる、ひと言も言い返せずに。あいつらの本気に気圧《けお》されて、撥《は》ねつけることも、かといって受け容《い》れることもできずに目を逸《そ》らして背中を向けるしかなかった。

エレベーターに乗り込んで一階のボタンを押し、「閉」をがちゃがちゃ連打した。

むかつく、腹立つ、いらいらする。全部、自分自身に刺さる。何でもっとうまくやれない。睦人が言うように「ただそんだけのこと」なのに。エレベーターは目的階まで直通とはいかず、すぐに停止した。報道フロア。扉が開くまでの数秒、思った。いてほしくない、と、いてほしい。

「あれ」

結論が出ないうちに設楽と対面してしまい、おかしなことに感情を定められなかった。ごちゃごちゃして疲れるからもうあんたが決めてくれ、と言いたくなる。

「真夜中の散歩?」

設楽が入ってきて、再び扉が閉じられると、「B1」を押した指がそのまま「1」を二回押し、栄の行き先をキャンセルしてしまった。

「おい、勝手なことすんな」

改めて一階を押そうとした指を手首ごと取られる。

「そんな顔したやつをひとりで帰せるか。干渉されたくなきゃもっとうまく隠してほしいね」

どんな顔だよ、でも聞きたくない。手首に食い込む指の力は強く、いつもと同じ笑顔から違う圧を感じる。地下駐車場にある設楽の車に乗ると、設楽はエンジンをかけずに「何かあった?」と尋ねる。

「何もねえよ」

「栄」

ねえよ、と栄は繰り返した。

「何もねえ、何もやってねえ。ここに来てから、俺は。それはあんたがいちばんよく知ってんだろ」

「まだ二カ月も経《た》ってないだろ、ゆっくり慣れていけばいい」

何だそんなことか、と言いたげだった。自分のもどかしさとの温度差にいらいらする。悠長な言葉が本音なら侮辱《ぶじょく》された気分だ。そんな「普通」のやつにかけるような生ぬるい慰めはいらない。

俺は「特別」だろ？　あんたにとっても誰にとっても、いい意味でも悪い意味でも飛び抜けてるんだろ？　だって「普通」の仕事してても、認められない。違うだろ、もっともっとって。そのくせ、「特別」になるため心身を削《けず》れば今度は悲しんだり怒ったり。普通のやり方で特別な結果を出すのが本当の天才なのだとしたら、自分は一生そこには届かない。

「チーフPとしての仕事は充分やってくれてる、判断も作業も早くて助かってる。こんな時間まで残ってるくせに、何もやってないなんて言うもんじゃないよ」

「……でもあんたが期待してたのとは違うんだろ」

「バカだな」

設楽はシートに背中を預けて腕組みした。

「働く目的は俺の期待に応《こた》えることじゃないだろ？　そんな取るに足らないモチベーションは捨てろ」

分かっている。自分の意に沿うばかりのお人形には興味のない男だ。でも、取るに足らないのか。誰よりもあんたに失望されたくない。面白いって言わせたい。「栄はすごいな」って言われたい。あんたの番組だから失敗したくない。もう、どんなツケもあんたに支払わせたくない。そういう感情は。

「……俺にだって、守りたいものぐらいあんだよ」

栄はうなだれてつぶやいた。

「分かってる」

「分かってねえよ」

「分かってる。自分がやりたいようにやったら人間関係とか番組の運営に差し障《さわ》ると思って萎《い》縮《しゅく》してるんだろ。でも俺は、多少の衝突は却ってプラスになるとも思うし、制作にいた頃とは違う……俺がいるんだから。お前が放送したいと思うものを作ったらいい、緩衝剤《かんしょうざい》にもストッパーにもなるし、もしトラブったら後始末は全部俺がする」

「だから！」

上体をひねって設楽をにらみつける。

「それがいやなんだよ！」

二十四歳の自分から、何の進歩もない。フォローさせるだけ、守られるだけ、その環境が当たり前だった頃とは違うのに。

「何をそんなに怖がるんだ？」

設楽の目はルームミラーを——ルームミラーに映る自身の瞳を——見ていた。

「お前は俺のことなんか、いくらでも踏みつけにしていいんだ」

「……何だよそれ」

「現場にいてくれってエゴを押しつけてるんだから。制作に行かせた時だってそうだっただろ。罪悪感とか、お前からいちばんもらいたくない」

相馬栄のためなら、立場や職位など差し出してもいいと本気で思っている。栄は耐えられない。設楽にまた何かを引き換えさせるくらいなら自由などいらない。でも設楽が許さない。もしこのままずっと何もせず立ち止まっていたら、痺《しび》れを切らして人事異動で放り出したり、「ただいま」と栄の部屋にやってくることもなくなったり、するのだろうか。

あんたの言う「好き」って、何なんだろうな。

「噛み合わねえな」

笑いが洩れた。設楽の残酷さを嗤《わら》いたいのか、自分の愚《おろ》かさを嗤いたいのか。

「何が」

「何もかも」

ドアに手をかける。

「栄」

「帰る——帰らせてくれ」

設楽に、ものを頼む言い方をしたのは初めてだったかもしれない。設楽はまた「ずるいよ」と目を閉じた。

朝起きてそのＬＩＮＥを見た瞬間「こわ」と口に出していた。

『今晩、オンエア終わりにふたりで話せるか』

設楽じゃない、ある意味もっと得体《えたい》が知れないから怖い、番組のメインＭＣ麻生圭一《あそうけいいち》からだった。これまでサシ会話はおろか、こういったメッセージをやり取りした覚えすらない。まさか栄と酒を酌み交わして親交を深めたいわけではないだろうし、業務連絡なら仕事中にすればいいし、要望は設楽に直接言ったほうが早いに決まっている。やる気がないって駄目出し……するタイプでもないな、たぶん。麻生こそ徹頭徹尾《てっとうてつび》マイペースだから、自分の存在に注意を払われた記憶すらない。

一発で目が覚めたが、できれば夢であってほしかった。話とやらの見当もつかないが、いいニュースではない予感がものすごくする。それでも既読をつけてしまった以上無視はできないので『了解』と短く送ると『ここの四階に０時』と地図が送られてきた。局近くの、繁華街からはすこし奥まった場所にある雑居ビルだった。テナントを軽く調べてみたがヒットしない。個人の事務所もしくは秘密の会員制バー、呼び出す人間が人間だけに何でもありえそうだ。分からない以上考えたって仕方がない。なるようになれだな、と結論づけて再度「了解」と返信した。

指定されたビルは小汚い六階建てで、外から見上げると四階にのみ明かりが灯《とも》っていた。集合ポストの表札を確かめると、詐欺《さぎ》グループが名義だけ置いていそうなうさんくさいオフィスがいくつか、かんじんの四階は何の札も貼られていなかった。これはますます非合法のにおいがしてくる。賭場《とば》とかな。もしそうだったらバカラでもやるか。

大人がふたり乗れば満員という狭苦しいエレベーターは停まる時がたんと派手に揺れた。一瞬故障かと思ったほどだ。それからもったいぶるようにゆっくりとドアが開くと、目の前はダイレクトに部屋だった。しかし保健室にあるような衝立《ついたて》が待ち構えていて奥がどうなっているのか分からない。とりあえずバーでもカジノでも風俗でもなさそうだな、と思っていたら、衝立の奥から男がひょこっと現れる。ずんぐりとした、還暦《かんれき》は過ぎていそうな風貌で、カンフー着を着ていた。

「こんばんは、麻生さんのお連れさん？　靴のままでどうぞ」

イントネーションや滑舌《かつぜつ》に方言とは違うくせがある。何だ、中国人か？　衝立の向こうに行くと、そこにはオットマンつきのリクライニングチェアが二台あり、ひとつに麻生が横たわっていた。

「ああ、来たか、オンタイムだな」

どうぞ、と促《うなが》されたが、栄にはまだ事情が飲み込めない。

「……何すかここ」

「マッサージ店だよ」

と麻生は答えた。

「台湾式フットマッサージ、腕がいいんだ」

そう、確かに麻生のつま先側にはもうひとり、同じ格好の男がいて、裸足の足を揉《も》んでいる。

「ほら、何してるの、さっさと座って靴下脱いでねー、最初はフットバスだよ」

何なんだいったい、と訝《いぶか》しみつつ言われるまま椅子にかけて靴下を脱ぎ、ジーンズの裾《すそ》を捲《まく》り上げた。熱めの湯に足首まで浸《つ》けられると、こんなおかしな状況なのにほっとしてしまう。のこのこ呼び出されたら設楽がお待ちかね、という可能性も考えなくはなかったが、どうやら本当にサシのようだ。

「何でこんなとこに」

「腕がいいって言っただろう。もっとも言葉遣いとか目つきとか性根《しょうね》には効果がないだろうな」

ひょっとしなくても俺のことか。足元で男が「管轄外《かんかつがい》だね」と言った。

「それにこのとおり深夜までやってて、最大のセールスポイントは口が堅くて余計なおしゃべりをしないってところかな」

腕じゃねえのかよ。

「会社とかそこらへんの居酒屋でできない話題？　全然心当たりないんすけど」

「まあそう焦《あせ》るなよ。せっかくだしゆっくり話そう」

十分ほど経《た》つと湯から足を上げられ、タオルでがしがし拭《ふ》かれる。タオルはだいぶ印刷が褪《あ》せた旭《あさひ》テレビのグッズだった。

「さて、いくよー、左からね」

「存分にやってください」

麻生が口を挟む。

「ほんと？　いいの？」

「ええ」

「おい何勝手なこと言って――」

親指の腹でごりっと石を埋め込まれた、それくらいの痛みだった。とっさに歯を食いしばる。

「いっ……！」

「あー、これは揉みがいあるねー」

男はやけに嬉しそうに、足の裏を次々圧《お》していく。そのたび痛い石があっちへ逃げ、こっちへ逃げして腰や手の指にまでびりっと衝撃が走る。

「ここが肝臓、ここが自律神経……うーん悪いとこだらけだね！　まだ若いのに不摂生はいけないよー」

「心がけろよ」

隣の麻生は至って涼しい顔で施術《せじゅつ》を受けている。代われ、と押し殺した声で栄は要求した。

「こっちのおっさんとそっちの弟子っぽいやつ！」

「名人に揉んでもらえるなんて貴重な機会を譲《ゆず》ってやってるのに」

「うるせえよ」

「そうか」

麻生は軽く頷いて「名人、全力でお願いします」と言った。

「はいよ」

「う——」

足の指先をぐりぐりとすりつぶされるような激痛に、椅子の肘《ひじ》掛《か》けを握り締めて悶絶《もんぜつ》した。

「それで、何で呼び出したかっていうと」

「この状況で話なんか入ってこねえよ！」

悲鳴をこらえるのに全神経の八割くらい使っている。

「だらしないな、タレントには足ツボやらせてきたくせに」

「仕事だよ」

「足ツボマット敷き詰めて芸人あるあるカルタとかやってたな、畳半畳《たたみはんじょう》ぐらいのでかい札で。しかもそれを東京ドーム借りてヘリ撮影なんかするもんだから請求書見た局長が絶叫してたな」

「詳しいな！」

「面白かったからな、あれ」

バラエティを見て笑うところなど想像もつかないが、栄相手にお世辞を言う必要もないのだから、普通に褒めているのだろう。足をごりごりされていなければ嬉しいかもしれない。

麻生が天井の蛍光灯を見上げたまま尋ねる。

「大和《やまと》テレビの『マイ・ドキュメント』見てるか」

「毎回じゃねえけど」

「好きか？」

「別に。よくできてんなとは思う」

「そうだな、ちょっと相馬のテイストがある」

そうだっけ？　と思い起こしてみたが、分からなかった。

「ないだろ」

「作品そのものって意味じゃない。ひとりの人間が対象にぐっと迫って、余人《よじん》がやすやす立ち入れない作り込みをするっていう関わり方の問題だ。加えて、フォーカスしながら閉じてはいない」

「それがどうした」

お前もそっち方面が向いてるだろ、とドキュメンタリー班にでも回されるのだろうか。麻生なら人事に介入する程度は簡単そうだ。

「いや、単なる感想だよ」

「いい加減本題に入れや」

麻生がこっちを見る。また名人をけしかけられるのかと思って身構えると、口元だけにわずかな笑みを浮かべた後で「おととしぐらいのやつかな」と切り出した。

「ベトナム戦争からの帰還兵《きかんへい》に取材した回があったんだ。現在はニューヨーク在住のティム・サットン氏。ベトナムでの凄惨《せいさん》な経験からくるPTSDに悩まされてホームレスになったその後の人生、アメリカが抱える負の歴史」

栄も見たことがある。重厚《じゅうこう》なVで、やっぱり、何かを声高《こわだか》に責めたり嘆《なげ》いたりするわざとらしさがなかった。三芳《みよし》らしい距離感の、いつもの、よくできたV。

「それが？」

足裏の痛みは依然続いていたが、さっきまでみたいに呻《うめ》くほどじゃない。慣れた、というより、施術者のほうで話の流れを察知し、加減しているのだろう。

「初めて見た時から何かが引っかかってた。それが何だろうとずっと考えてて、やっと分かった。ティム・サットンが映画に出てた」

「……は？」

「去年の秋公開されたマイナーな映画で、日本じゃ上映されなかった。それにホテルの客室係として出てた。配信を改めて見たけど間違いないと思う。録画と見比べたら、両者とも左手の甲に大きなほくろがふたつあった。ただ、登場シーンは一回、台詞《セリフ》も『お荷物が届いております』だけ、エンドロールに役名も出ないほどの端役《はやく》だから名前は不明だ。後で作品名を送るから確認してみてくれ」

「……やらせだったってことか？　退役《たいえき》軍人は嘘？」

「あるいは誰かのエピソードを語らせたか。ベトナム時代の写真を出してくるシーンがあるだろう、あれは別人のような気がする」

仲間と写った白黒のスナップ写真はそもそも不鮮明なのに褪《あ》せて、しかもひび割れたようにくしゃくしゃだったと思う。

「半世紀経って、しかもホームレスになってんだから風貌《ふうぼう》が変わるのは当たり前だろ」

「それを差し引いても。まあ、先入観のせいかもしれないな。ただ、俺が初見で覚えた違和感は『自分の言葉じゃない気がする』ってことだった。ほかの回ではそんなふうに引っかからなかったのに」

「ある程度の台本は作るだろ」

「Vを整えるために言い回しを考えるのとは全然違う」

麻生は譲らない。たとえば街頭インタビューなんかで劇団員を仕込むのは実にありふれた手法だ。本人が別のかたちでテレビに露出したり、関係者がばらしたりして発覚するのも。ただし海を越えた外国で無名の人間が無名の人間を騙《かた》り、それを見るのは日本の限られた視聴者、となれば確かに話は違ってくる。

「ホームレスになる前に役者だったから、一回だけ映画に出させてもらったとか、そういう可能性は？」

「ない。Ｖの中で言ってただろう、ＰＴＳＤの症状で強い光にめまいや頭痛を起こす。撮影現場の照明になんて耐えられない」

そう、だからその回は大方が暗い路上のシーンだった。映像として見づらいほどの暗さを敢えて生かしたのだと思う。ぼろ切れみたいなナップザックを背負い、夜の路上からまばゆい摩《ま》天楼《てんろう》を見上げ目を細めるカットを栄も覚えている。ため息が出た。落胆、なのか。よく分からない。ルール上アウトかセーフかの線引きは別にして、テレビの中に「本当のこと」なんてひとつもないと、よく知っているはずなのに。

「それで？　俺にどうしろって？」

「別に。情報を伝えただけだよ」

「材料がすくなすぎるしほとんどがあんたの主観だろ。せめてテレビに出てたのが何者かぐらい分かんねえと」

「ウラ取りはそっちの仕事だ。ああ、今ニューヨーク支局にいる恵《めぐみ》ってディレクターは短い間だけどうちにいたから、頼めば動いてくれると思うよ。名和田からつないでもらえ」

「待て、取材する前提で言うな。そも、何で俺に言う？」

「暇そうだったから」

「暇ではねえよ」

見透かされているのは承知で反論する。

「そうか、じゃあ忘れてくれ」

あっさりと引き下がり、目を閉じる。白熱灯の単調な光の下でそのまま消えてしまったのかと思うほど、すっと気配そのものまで引っ込んだ。こげ茶のチェアが人型にへこんでいるだけで何も見えない、そんな感じだ。心拍や血流まで意思で操作できそうなのが気味悪い。

「……やらせがあったとして、どうすんだよ」

「ん？」

栄の言葉にまぶたを持ち上げると、またふっと生身の空気も戻ってきた。いや、存在丸ごとに実体なんてないのかもしれない。光源《こうげん》によって浮かんだり消えたりするただの影。カメラの前でそれをくっきり焼きつけるのを生業《なりわい》にしているだけの男。

「うちがそれを言うのか？　別に情けかけたいとは思わねえけど、普通テレビがテレビの嘘に突っ込まねえ」

新聞がかぎつけるか週刊誌がかぎつけるか誰かが告発するか、それを察して自《みずか》ら発表するか。同じ立場で糾弾《きゅうだん》すれば返す刀でこっちの肚《はら》も探られるはめになるし、そうなったらどこだって爆弾のひとつやふたつは抱えているものだ。不発弾だとたかを括《くく》っていたら思わぬタイミングで炸裂《さくれつ》することもある。

「お前、うちが普通の番組だと思ってたのか？」

ぐうの音《ね》も出ない。

「……じゃあその、『普通じゃない』のトップはこれ知ってんのか？」

「いいや」

「何で」

「あっちのP、友達らしいじゃないか。かわいそうだろう」

「はあ？」

「かわいそうだって言ったんだ」

「いや聞き取れなかったわけじゃねえから」

本気、いや正気で言ってるのか？　しかし、三芳と会った後の楽しそうなようすを思い出すと一概《いちがい》に「ねえよ」とも言い切れないような。どっちにせよ、俺が忖度《そんたく》する問題じゃない。

「ああ、そういやあんたらも同期だっけ。お友達に恵まれて幸せだな」

「俺と設楽が友人かどうかはさておき、話すつもりはないな」

「ダマで動けっての？」

「そんな指示をする権限はない。さっきも言っただろう？　情報を伝えただけだ――足も軽くなったし、もう行くよ」

若い男に「ありがとう」と告げて靴下を履《は》き、起き上がると壁のハンガーに吊るしてあった上着を身に着ける。

「おい」

栄も身を起こそうとしたら、足裏の中心に強烈な一撃がきた。全身のあらゆる急所がそこに集約されたようだった。痛覚がバグってる。

「い、った……」

「勝手に動かないでねー、まだ右足が残ってるよ」

「もういい」

「駄目駄目、バランスが悪くなる。ただでさえあなた、だいぶ不安定な人。足の裏は嘘つかないって言うでしょ」

初耳だよ。

「だそうだ。支払いはすませてあるから気にするな。じゃあな、お休み」

去り際には「くれぐれもよろしくお願いします」と名人に念押しまでする。

「待て」

足を引っ込めようとしても、かかとをがっしり固定する名人の手は万力《まんりき》のように揺るがない。カンフー着の上からでも首や肩の屈強《くっきょう》な筋肉は明らかで、どうあがいても実力行使は不可能だった。

「麻生さんによろしくされたら頑張るしかないね〜」

「いや頑張るな、まじでもういい」

「はい、ここ、胃腸のツボ」

噛み締めすぎた奥歯が、歯茎《はぐき》の中に陥没《かんぼつ》してしまうかと思った。


「深」

「はい」

明くる日のオンエアが始まる前、深を廊下に連れ出した。そろそろ本格的にばたつき出す頃合い、でもまだ追い込みには至っていない、午後六時過ぎの絶妙な時間帯。

「今、ニューヨーク支局にいる恵ってやつ、知ってるだろ」

「えっ？　はい、それは、ええ」

なぜか急に慌てふためいて目を泳がせる。

「なにキョドってんだ」

「相馬さんの口からその名前が出たことにびっくりして……」

「何だそりゃ。まあいいや、どんなやつ？　仕事できる？」

「仕事はできます、ちょっと変わってますけど」

「どんなふうに」

「えーと……いえ、何でもないです、忘れてください」

「口堅いか？」

「んー……仕事上の秘密は守れると思います」

「よし、一件発注したいから連絡先俺に教えろ」

「恵に、ですか？」

「おう。それで、俺からメールがあるってあらかじめお前から予告しといて。日本時間あすの朝までには送る。いちばん重要な注意は、他言無用。最少人数で動きたい。だからお前もこの指示を誰にも言うな」

深は当然ながらまったく要領を得ない顔で、それでも指を折って栄のオーダーを確認すると
「分かりました」と大きく頷く。

「連絡先、ＬＩＮＥで送りますね。恵にはきょうじゅうに根回ししときます」

ん、と短く応じ、深が今度はやけににこにこしているのに気づいた。事情も教えられずにあれこれ命令されているというのに。

「何だ、嬉しそうだな」

「……相馬さんが、ちょっと楽しそうなんで」

「別に」

「そうですかね……でも、何か新しいこと始める前の相馬さんの感じやったから。そういう時

は絶対面白いことやから」

「動く前からハードル上げんじゃねえよ」

「あっすみません……俺にできることあったらどんどん振ってください」

「とりあえず恵の件と秘密厳守」

「はい」

楽しいか？　自分に問うてみる。ものになるかどうかさっぱり分からないし、ネタがデリケートすぎてオンエアできるのかどうかも不透明だった。正直スクープなんかどうでもいいし、三芳に何の恨みもない。

あれから家に帰って麻生がＬＩＮＥで送ってきた映画を見て、自宅のＨＤＤに残っていた「マイ・ドキュメント」の該当回もチェックした。確かに、風体のギャップを差し引けば同一人物かもしれない。足ツボの効能なのか（認めたくない）ここ最近では珍しく夢も見ずに熟睡して、すっきり目覚めた時、追ってみたいと思った。その気持ちが、ちょうどいいサイズの服を着せられたようにすとんと落ちてきた。本当は裏で設楽が仕組んでいるのかもしれない、と仮定しても変わらなかった。ホームレスのドキュメンタリーがなぜ作られたのか、栄は知りたい。

その日の放送が終わって三十分ほどすると、約束どおりに深から「恵に伝えました」とＬＩＮＥが来たので、要点のみのメールを送る。マイナー映画に出ている客室係のプロフィールを突きとめること、本人とじかに接触できる方法を探して実行すること。どちらも、日本から自力でやれないわけではないが、英語が堪能《たんのう》な人間に投げたほうが手っ取り早い。深の見込み違いで使えないやつなら、その時は自分で動けばいい。

メールを送信するとすぐに「了解しました」と返信があった。適当な口実で制作サイドに問い合わせます、何か進展があってもなくてもまめに状況を報告しますので、という簡潔な文面で、とりあえず頭は悪くなさそうだと分かった。

最初の球は投げた。これで辿《たど》れなかったら、大和テレビのほうに揺さぶりをかけるか？——ほくろも含めて他人の空似だと強弁《きょうべん》されたらそれを崩す手立てはない。向こうが取材ソースを明かして無実を証明する義務もない。ただの言いがかりだ。手札なしで三芳に挑《いど》んでもたぶん負ける。

冬でもシャワーですませる日が多いのだが、湯を溜めて浴槽で伸びながらあれこれ考える。考えた端から思考が湯の中に流れ出て明快な道筋が描けない。うつらうつらとした眠気に捕まってゆるんで溶けて空っぽになっていく頭の中から、たったひとりの顔だけが消えない。きのうもきょうも、業務連絡の会話しかしなかった。何を考えているのだろう。バーチャル設楽は車の中と同じように目を閉じ、沈黙している。

それから一週間と経《た》たないうちに、進捗《しんちょく》の報告があった。

『制作会社から返信がありました。客室係の役は、プロの俳優ではなく、オーディションで選ばれたそうです。個人情報に関しては勝手に教えられないとのことなので、本人のメールアドレスに、こちらからのメールを転送してもらえることになりました』

所属先がない、すなわち窓口がないと難しいかもしれない、と空振りを覚悟したが「以下がそのメールです」の後の英文に目を通して笑ってしまった。

『たまたま観た映画で、あなたの短い演技にとても惹かれた。さりげない仕草やノーブルな台詞回しから、一流ホテルマンの風格がにじみ出ていた。いろんな映画で客室係を見てきたが、これほどすばらしいものは初めてだった。別の出演作があればぜひ拝見したいので、このメールに返信していただけないでしょうか？』

要約するとそんな内容で、テンション高く美辞麗句を連《つら》ねてあり、どんな顔して打ったんだかとおかしくなる。社内のイントラ名簿で確認した恵小太郎《こたろう》の顔写真は、まじめで実直そうな印象だったのだが。客室係に注目して映画観るやつがどこにいるよ。ひやかしか詐欺《さぎ》に取られる可能性もあるが、オーディションに応募するのだから、ある程度の虚栄心《きょえいしん》や自己顕示《けんじ》欲は持っているだろう。

やる気はある、でも降って湧いたネタをものにしたい、という野心ではなく、自分も含めて、転がり出した石の行き着く先を見届けてみたい、と半《なか》ばなりゆきに任せる心持ちだったが、それからさらに一週間ほど経って次の動きがあった。

『メールの返信がありました。名前はジョージ・マコーネル氏七十三歳、ニュージャージー州に住んでます。電話もくれて、ヤンキースの話したらだいぶ仲よくなっていろいろ話せました。出身はボストン、大学を出てからオフィス機器のリース会社に勤めて子どもは娘がふたりと孫が五人。退職後暇になり、地元の老人中心の劇団に入ったそうです。病院や施設を訪問してボランティアで劇を上演するうち、演技の楽しさに目覚めてあちこちのオーディションにも応募してるみたいで、あの映画が唯一の「メジャー出演作」だと』

やっぱり別人だ。摩天楼の暗がりでうずくまっていたホームレスとは何ひとつ交わっていない。予想のウラがすこしでも取れると、やはり頭蓋骨《ずがいこつ》の内側が痺《しび》れてくる独特の興奮を覚えた。麻雀《マージャン》で高い手をテンパイした時のような感覚。あとは引き当てるか転がり込んでくるか。メールを読み進める。

『それで、こちらに赴任《ふにん》したばかりで話し相手もいない、と話すと、いつでも会おうと言ってくれました。幸いニュージャージーはすぐそこですし、あっちは優雅なリタイア生活なので日程を合わせるのは簡単だと思いますが、どうしましょうか』

栄は迷わず返信を打った。

『俺もニューヨークに行く』

ポシャるかもしれない取材で海外まで行く、しかも個人的に、となれば経費で落ちる保証はない。マコーネル氏から言質《げんち》を取れずに終わったらたぶん行ったことすら言わない。それでも日程を恵に固めさせると、自腹で飛行機のチケットを押さえた。行くと返事したのが火曜日深夜で土曜日の朝には羽田にいて、十時二十分発のフライトで飛び立った。

出発までの数日、マコーネル氏が所属しているという素人《しろうと》劇団のサイトを探っている時、とある子ども用の障害者施設で人形劇を披露《ひろう》した、という活動記録を見つけた。その記述になぜか引っかかって「マイ・ドキュメント」の放送アーカイブを確認すると「孤高の天才ピアニスト」というアメリカの少女を紹介した回があったのを思い出した。重度の自閉症で他者とのコミュニケーションはまったく取れないが、ピアノにだけは関心を持ち、超絶技巧と呼ばれる曲をやすやす弾きこなしてしまう……彼女はもちろん実在の人物で、CDも出ているし演奏動画も出回っている。調べてみると、マコーネル氏が訪れた施設にいたことが分かった。三芳が、少女の取材をする中で劇団の存在を知り、その中の誰かにホームレスの偽装をさせることを思いついたとしたら……細い糸だが、つなげられないことはない。なぜそんなまねを、という根本の疑問は解消されないが。

ニューヨークに向かう十三時間、狭苦しいエコノミー席でひたすら映画を見て過ごした。実家の映画館の、硬いシートを思い出せばこれでもだいぶ快適に思えてくるからふしぎだ。

祖父母が細々と営《いとな》んでいた映画館は今も存在するが姿を変え、ふたりはもうこの世にいない。故郷の街を題材にVTRを作ろうとしかけていた矢先、ごたごたがあって立ち消えた。はなから乗り気じゃなかったし、特に未練もないはずなのに、栄は、強烈にそのことを惜しむ気持ちになった。失われたものはいつか思い出せなくもなり、「なかったもの」としての比重が増えていく。カメラに収めておけばよかった。完成させられたかどうかは別にして、残しておけばよかった。いつかは消えてしまう、何もかもがそうだ。人も家も街も。だったら、自分に見える世界だけでも留《とど》めておけばよかった。そんなことを、空を飛びながら考えている。隣では設楽じゃなく、知らないビジネスマン風の男がこっくりこっくりと船を漕《こ》いでいる。


広大なJFK空港の中でトップクラスにしょぼいターミナル7に着陸した。まあ、土産を買うわけでなし、空いているほうが歩きやすい。外に出るとイエローキャブの乗り場の前に恵が立っていた。

「あっ、相馬さんですか？　おはようございます！」

遠路はるばるお疲れさまです、とほぼ直角で礼をされ、暑苦しいノリが嫌いな身としては第一印象からかなり引いた。

「どうぞ！」

しかもご丁寧にタクシーのドアまで開けられたので「腕がついてるから大丈夫だよ」と言った。初対面の人間にされるとうざい。

「すみません、名和田さんから、くれぐれも失礼のないようにと言われていたので」

「深が？　そういう意味じゃねえだろ」

「えっ⁉」

今度はのけぞるほど驚いてみせる。確かに変わったやつかもしれない。

「何だよ」

「な、名前呼び……？」

「問題あんのか」

「いえっ」

後部座席に乗り込むと、慌ててついてきた恵が「自然史博物館へ」と告げる。

「ルーズベルト像の前で待ち合わせしてます。話を聞くんならセントラルパークとかがゆったりしてていいんじゃないかと」

「機材ちゃんと持ってきたか？」

「あ、はい、カメラはハンディでいいんですよね？　ロケセットひととおりあります」

膝に抱えたバッグを軽く叩く。機内で一睡もしなかったぶん、急に眠くなってきてあくびを連発する。

「あの」

恵がおそるおそる栄を窺った。

「何だ」

「相馬さんは、名和田さんの、その、師匠みたいな方なんですよね」

「別に何も教えてねえよ。あいつが勝手にそう思ってるだけだ」

「そ、そうなんですか」

「それがどうした」

「いえ、俺にとっては名和田さんが師匠なので、大切な人の師匠ということで……それはもうある種お義父《とう》さんみたいなものかなと」

「は？」

何だこいつ。眠気がちょっと飛んだ。メールを介したやり取りは至って正常だったのに。

「お前は海外生活のストレスで日本語がおかしくなっただけか？　それとも頭がおかしいのか？　どっちだ」

「せ、せめて前者でお願いします」

車がマンハッタン島に差し掛かる頃、恵が「そもそもマコーネルさんに何の用事なんですか？」と訊いた。

「メールや電話の感じだと、普通の、気のいいおじいさんですよ。しかもわざわざ日本から……そろそろ目的ぐらいは教えてもらえるんですよね？」

何だ、普通の会話できるんじゃねえか。栄はおまけのようにちいさなあくびをして「やらせ」

と言った。

「え?」

「大和テレビのドキュメンタリーでやらせの疑いがある。これから会うじいさんは、知ってるのか知らねえのか、その片棒を担《かつ》いだグレーの人物だ」

あらましをかいつまんで説明したが、恵は何とも複雑というか、腑《ふ》に落ちない顔をしていた。

「不満か?」

「いえ……いや、正直そんなことで? とは思います。テレビのやらせなんかほぼ日常茶飯事化してて、視聴者も別に驚かないんじゃないでしょうか。むしろテレビから嘘取ったら、何が残るんですか?」

言ってからまずいと思ったのか「すみません」とつけ足したが、栄は「もっと続けろ」と先を促《うなが》した。

「もっと? ええと……俺、実は去年の秋中途で入ったばっかの新人なんです。年は名和田さんと同じ二十八ですけど。だから、業界の事情って実はまだよく分かってなくて。たとえばロケに行った時、移動の効率とか考慮してA、B、Cの順で撮影するとしますよね。でも実際にはC、B、Aで編集して放送したりする。本当は最後に行ったC地点で『まず訪れたのはこちら』なんてナレ原《げん》つけたりするわけじゃないですか。それも厳密には嘘でしょう。あれです、料理番組の『こちらに下拵《したごしら》えしたものがございます』っていうのを見た時と同じ……ずるいっていうのとも違う、何とも言えない違和感というか。でもそれは『嘘』にならないし……」

「――それを否定したらテレビは成り立たない」

「そうです」

一時間ほどでセントラルパークのすぐ近くにある自然史博物館に着いた。日付を遡《さかのぼ》ったから土曜日の名所はにぎやかで、入り口前の階段では観光客が自撮りやルーズベルト像とのツーショットに熱中している。その像の台座にもたれて、マコーネル氏が立っていた。ジャケットに綿シャツにチノパン、ホームレスからはほど遠い、ごくありふれた中流家庭の老人といった雰囲気だ。まず恵が「Hi」と歩み寄ると目尻のしわを倍くらいに増やして笑い、栄の一生ぶん以上の陽気さで「nice to meet you!」と応えて、握手を交わしていた。

「実はきょうは、日本から僕の上司も来てるんです。サカエ・ソウマ」

「ああ、どうも初めまして、ようこそ」

にこやかに差し出された手を消極的に握り返す。乾いて清潔な手だった。VTRの中の、ぼろぼろの手を思い出す。爪と指の間は真っ黒、手のひらや指紋も垢《あか》じみて、目でも擦《こす》ろうものなら一発で結膜炎《けつまくえん》になれそうな。

その指で、色褪せた写真をなぞっていた。

――従軍《じゅうぐん》カメラマンが撮ってくれたんだ。俺以外は全員死んだ。沼地で乱射戦になって頭を上げたら隣のやつの顔面が弾《はじ》けてた。

――長いこと触ってたから、もう顔のところはすっかりうすれた。でもふしぎだな、見えなくなっていけばいくほど、思い出は鮮やかになるんだ……。

あれらの言葉は、でっち上げだったのか。

恵は栄をちらりと見やってから「よければ公園で話をしましょう」とマコーネル氏を誘った。広大なセントラルパークには、場所などいくらでもある。グレートローンと呼ばれる芝生のエリアで適当な木陰を見つけて落ち着くと、恵が「まず、あなたに謝らなければ」と切り出した。

「僕たちは、あなたに訊きたいことがあってきょうここに来てもらいました。日本のテレビ局の取材クルーです。もちろん、あなたには拒否する権利がある。でも、コメントだけ、声だけ、首から下の出演だけでもいいので質問に答えてほしい」

マコーネル氏は特に驚いたふうでもなく、軽く肩をすくめて「ニンジャ・ムービーへの出演オファーじゃないってことだね」と答える。

「でも不可解だ。私は君たちを知らないが、いったい何を訊きたいんだって？」

もし本人に、やらせに関わった自覚があるのなら多少なりとも警戒心を示すかと思ったのだがまったく寝耳に水の反応だった。

「私はハリウッドセレブでも大統領候補でもメジャーリーガーでもない普通のアメリカ人だよ」

「恵、カメラの準備」

栄は命じた。

「そんで俺が回す、お前はインタビュー兼通訳。流れは任せるから、聞き出してみろ」

「はい」

ハンディカメラを構え、「マイ・ドキュメント」の映像を再生した状態で携帯を差し出す。

「――ああ、これは……」

老人の顔に驚きがよぎる。

「マコーネルさん、これは、あなたですか？」

イエス、と呆気《あっけ》なくも明快に返ってくる。

――どういった経緯でこの映像を？

――活動してる劇団を通じてオファーがあった。日本人の男だ。インディーズの映画を作りたいと言われて、面白そうだから受けた。

――どういう映画だったんでしょう。

――分からない。脚本が未完成で、こっちにいるうちに撮っておかなければならない部分だけを取り急ぎ、ということだった。

――これは、日本でドキュメンタリーとして放送されました。

恵の言葉にマコーネル氏は「何だって？　ありえない」と激しいジェスチャーで驚愕してみせた。

――ドキュメンタリー風のシーンと言われただけだよ。まさか、そんな……。

――同意はしてないし、関わってもいない？

――もちろんだ。断言できる。

――あなたに依頼をした日本人の名前は？

――覚えていないな。撮影してしばらく経って、進捗が知りたくて電話をかけたらつながらなかった。メールも不通で、まあ映画の制作が頓挫《とんざ》して、ばつが悪くて言えないんだろうと思った。深くは考えなかった。三〇〇ドルのギャラを手渡しでもらっていたし、ホームレスを演じるっていうのはなかなか面白い体験だったしね。娘に自撮りの写真を送ったら「パパ、どういうこと？」って慌てふためいて電話をかけてきたよ。

――VTRの中でのやり取りは、すべてその日本人の指示？

――そうだ。PTSDでうまく言葉が出てこない設定だから、ところどころ台詞が抜けたりつっかえたりするのが却って自然だと。

――ほかにスタッフは？

――いなかった。かつらや衣装も用意してもらって、メイクも彼がやった。

今度は携帯で三芳駿治《みよししゅんじ》を画像検索して表示させると「見せろ」と恵に手渡した。

――この人ではありませんでしたか？

名前も覚えていないくらいだし、あまり期待はできなかったが、マコーネル氏はすぐに「うん、彼だよ」と頷いた。

——確実に？

——働いていた時、得意先だったオフィスに仲のいい日本人がいてね、彼にとてもよく似ていると、その時も思っていた。だから顔は忘れないんだ。

インタビューを終えると、マコーネル氏は「ヤンキースファンっていうのは嘘じゃないんだろ？　今度一緒にゲームを観に行こう」と恵の肩を叩き、軽く手を振ってどこかに行った。温厚《おんこう》な老人だ。恵が、嘘をついて接触した罪悪感を抱いているのに気づいたのだろう。でも、ホームレスを演じるのが「面白い体験」だと言った。娘に写真を送って反応を楽しんでいた。自分がその境遇に陥《おちい》ることも、すこしだけ生まれ育ちのボタンをかけ違えていればそうなっていたかもしれないことも、考えないから。ハロウィンの仮装くらいの認識だったのかもしれない。紙コップに溜まった小銭でその日を生きなければならない、この街にごまんといる宿無しはいつからどうして「普通のアメリカ人」じゃなくなった？

栄は南北にニューヨークを彩《いろど》る美しい公園と、その向こうの高層ビル群を眺めた。映画で何度となく見たエンパイアステートビル、世界の中心としてそびえる摩天楼。自然史博物館と同じウエストサイドにはダコタ・ハウス始め、超高級レジデンスが整然とした威容《いよう》で建ち並ぶ。年収十億円超が当たり前の界隈《かいわい》。三芳はこの街で、何を見たのだろう。

「まだ何か撮りますか？」

「いや。さっきまでの素材は俺のメアドに伝送《でんそう》しといて。イエローキャブとウーバー、どっちが捕まえやすい？」

「この時間だとイエローキャブで大丈夫だと思いますけど。次はどこですか？」

「帰るんだよ」

「え？」

「用事すんだし」

午後五時前のフライトで羽田に着くのが日本時間日曜午後九時過ぎ。これで月曜のオンエアに間に合う。

「そんな弾丸なんですか⁉」

「だから、ほかにやることねーだろが」

「え、一応観光プランも十パターンぐらい用意してましたけど」

「多すぎだろ」

頭の回転は悪くないが、どうもずれたやつだ。

「つうかいらねえ、それこそ深でも接待しとけ、お前の師匠なんだろ」

すると恵は、希望と絶望がマーブルになった複雑にもほどがある表情を浮かべた。

「そんな日が来たらいいですよね……でも絶対余計なのがくっついてくるんですよ……」

「よく分からんけどやっぱお前おかしいな」

帰りの機中でも片っ端から映画を観まくったが、ただ立て続けに流しているだけでほとんど意識していなかった。ヘッドホンから流れてくる音が頭蓋骨と脳の隙間をつるつる流れていく。

収穫はあった、とはいえそれでもまだ状況証拠と証言にすぎない。マコーネル氏が笑顔で写った自撮り写真でもまだ弱い。三芳がやらせに手を染めたという明確な物証は得られていない。

これで直接あてに行くしかないか、と考える。もし本人が認めてオンエアするとなれば、設楽はどう思うのだろう。「かわいそう」という麻生の言葉がよみがえる。はっきりしない疑惑の段階で耳に入れるのはかわいそうだけど、ウラも言質《げんち》も得たニュースとして知らせるならかわいそうじゃない？　そんなわけがない。だからあれはやはり本気じゃなく、栄がひとりでどう対処するのかお手並み拝見だったのかもしれず——まんまと大枚《たいまい》叩《はた》いてニューヨークまで行ってきたよ。

三芳が認めなかったら、オンエアできない。認めなくても、何だこの野郎とむかついたりはしないだろう。別に、義憤《ぎふん》に駆られて動いているわけじゃないからだ。認めたら、たぶんオンエアする。その場合も別に嬉しくはならない。

やらせがばれた時の〝悪役〟は大概《たいがい》「契約ディレクター」とか「外部の構成作家、リサーチャー」だ。テレビ局「本体」に属さないスタッフがしでかしたこと。管理体制の不全は言い逃れできなくても、そうやって本丸を守ろうとする。そして引っ被《かぶ》る代わりに当事者の実名までは出ないから、業界で仕事を続けていくのは不可能じゃない。地方に行く、まったくジャンルの違うVTRに関わる、めしを食う道は残されている。

しかし今回の場合、どう見ても三芳の主導、あるいは独断だった。チェック漏れでも黙認でもなく、人気番組のトップ自らがやらせをする。それも、ストーリーの脇役を仕込むのではなく、主役の存在をでっち上げる大胆なやり方で。やらせを明るみに出すのは、三芳駿治がこれまで築き上げてきたキャリアを名札つきで晒し、ぶち壊すのと同義だ。一度ネットに上げられた汚名は消えない。やらせがあの一回だけで、ほかはすべて誠実に偽りなく作りましたと主張しても通らない。三芳駿治にまつわる称賛はすべて暗転し、「マイ・ドキュメント」という番組は大和テレビのタブーになる。

一度顔を合わせただけの男の人生がどう転ぼうと、はっきり言ってどうでもいい。番組作りのプロが、露見《ろけん》した時のリスクを考えなかったなどとは言わせない。どれだけの人間に負荷をかけ、そしてどれだけの人間から仕事を奪う結果になるのか。

設楽が知ったら、どうするだろう。友人に憤るだろうか？　それとも栄に憤るだろうか。余計なことをほじくり返してくれた、知りたくなかったと。どっちも違う気がする。でも、確実に平静ではいられないだろう。新聞記者を尾行してネタを探り、写真集めをいやがった褪せない日々にも、栄は泥を塗ろうとしている。

しら切ってくれるほうが楽だな、と思った。はい行き止まり、でお蔵《くら》にできる。誰が傷ついたわけでなく、誰が泣いたわけでなく。あれを見て、ホームレスに優しくしようとか戦争はよくないとか、ひとりでも思ったのなら、素材が本当か嘘かなんて大した問題じゃない。「本当を謳《うた》う嘘」から感じ取ったものは嘘になるのか？　動かされた心は、否定されるべきか？


帰りのフライト予定は十四時間、それが気流の乱れで一時間ほど遅れたのもあり、家に着いたのは午後十一時頃だった。

マンションのエントランスに設楽が立っているのを見た時、こみ上げてきたのは驚きでも焦《あせ》りでも嬉しさでもなかった。感情以前の感覚、というか本能だ。

「腹減ったな」

「え？」

今来たところらしく、設楽はジャケットから合鍵を出してセキュリティを解除しかけたまま動きを止める。

「俺、腹減ってたんだよ。忘れてた」

機内食は食う気がしなくて、がばがば飲んだアルコールの他にはミックスナッツくらいしか胃に入れていなかった。それを急に意識した。

「栄が空腹訴えるのなんか珍しいな。断食《だんじき》でもしてた？」

どこに行っていたのか把握している、という感じではなかった。

「そのへんに食べに行く？　俺は減ってないけど」

「疲れたから外食無理」

トータルでまる一日以上座りっぱなしだった全身が軋《きし》んで痛む。このままあのマッサージ屋に行ったら地獄を見せてもらえそうだ。

「でも栄の家なんて何も食べるものないんだろ……仕方ないな」

設楽は鍵をポケットに入れ「何か買ってくる」と出かけて行った。なのでひとりで部屋に入り、ソファにへたり込んで天井を見上げる。目を閉じると機内に響き続けていたごーっという音が頭にこびりついて取れない。十分と経たずに設楽が帰ってきて、キッチンでごそごそし始めた。何だ、わざわざ作る気かよ。ふらりと横になろうとすると「だめだよ」と言われる。

「何で」

「今横になったらそのまま寝るだろ、寝たらもうどうでもよくなって起こしても起きないだろ」

「かもな」

「かもなじゃなくて絶対そう、だからあと十分我慢して縦《たて》になってろ」

眠気を追いやるため「あんたきょう何しにきたんだっけ」と尋ねる。

「特に用事はないけど。気乗りしない会食の帰りに、ちょっと顔見たかっただけ」

「いやなら断りゃいいのに」

「調整して最小限に留めてるけどゼロは無理だな」

持ち主でさえ前にいつ使ったのか思い出せない片手鍋を戸棚から取り出し、缶詰の中身を空けて火をつける。何の缶詰かまでは見えなかったが、牛乳を入れて煮込み始めるとじきににおいで分かった。

「お待たせ」

大きいマグカップになみなみ入った、湯気の立つコーンスープ。表面にはクルトンの代わりかちぎっただけの食パンがぷかぷかしていた。

「夜中だし、張り切ってあれこれ作ってもどうせ残すだろうから……ほら、これも」

スプーンを差し出し、設楽が隣に座る。そうっとスープを掬《すく》って口に運ぶと、まろやかに黄色い液体が匙《さじ》から滑り込んできて、喉や食道をとろりと熱しながら胃を目指す。ふだん、食べものでほっとすることの少ない栄も、この時はしみじみと滋養《じよう》を実感した。スプーンの背でパンを中に沈め、たっぷりと染み込ませてから食べた。じゅわっとあふれ出るとうもろこしの甘い味。

「で、栄は、そんなに疲労困憊《こんぱい》するまでどこで何してたの」

「……墓参り」

「愛を感じないな」

「何の話だよ」

「もうちょっと信憑性《しんぴょうせい》のある言い訳をでっち上げてほしいってこと。投げやりすぎる」

「嘘つくのはいいのかよ」

「本当のことだけでやってこうなんて無理じゃない？」

それはお互いさまってことだよな？　声に出さず確認する。

「嘘つくんなら誠意とか思いやりがほしいよね」

「逆だろ」

「本当のことは『ただの本当』でしかない。『王さまは裸だ！』って叫ぶより、見えない服を褒めるほうがずっと大変」

栄は自問する。やらせの件を告げてこの男が傷つくとしたらどうする？　もし傷つき、栄を責めるとしたら？

関係ねえな、やるわ。

一秒も迷わなかった、答えが自明すぎてためらいすら抱けなかった。栄は知りたい。業界の太いグレーゾーンをはっきり超えてしまった男の胸の内を。生き物の内臓を見たいように生々しい興味で見たい。自分が落ちていたかもしれない穴、落ちるかもしれない穴に落ちてしまった人間を覗き込みたい。それを設楽が望むか望まないかなんて問題じゃない。かわいそう？　かわいそうだな、かわいそうだよ、でも、それがどうした？

そのエゴは、自分のせいで設楽に何かを失わせたくないという気持ちとまったく矛盾せず並《へい》立《りっ》していた。設楽が、栄を好きだとほざく口で「踏みつけにしていい」と言うのと同じだ。

「……噛み合わねえって、前に言ったよな」

「うん」

「あれ、訂正するわ、そうでもなかった」

「何で」

「何でもだよ」

あんたはいかれてる、でも俺だってまともじゃねえ。「普通」にやってみようなんて出来心が、そもそも思い上がりだった。

「自己完結してないで教えてくれよ」

設楽が頬に片手を伸ばし、スープのせいで温まった肌に安堵したように笑う。

「でも安心した。疲れてるけど、いい顔してる。面白いこと見つけた時の、俺が最高に好きな栄の顔だ」

栄は設楽の手の甲に手のひらを重ね、自分から唇を重ねると、ぎゅっと指に力を込めた。かつて怒りと混乱と喪失感の中で、この手をかきむしるしかできない夜が、あった。

「その言葉、後悔すんなよ」

「むしろさせてくれ」

設楽が優しい目でささやく。

「とんでもないことやらかして、ちくしょう、やっぱり届かない、かなわないって、何度でも思わせてくれ」

あの時おざなりに受け取った名刺を活用する日が来た。

「ちょっと相談したいことがあるんですけど」

週明けの月曜日、携帯にかけてそう切り出すと、三芳は軽く驚きつつ「僕で力になれることなら」と気軽に請《う》け合う。

水曜日の昼過ぎから時間が取れると言うので待ち合わせには芝《しば》公園を指定した。個室の店かホテルの部屋を押さえてもよかったが、何となく公園にしたかった。東京タワーを臨《のぞ》む、日本の美しい公園。

約束の午後一時より十分前に地下鉄の駅近くの梅園に着いたが、三芳のほうが早かった。

「あ、どうも、お疲れさまです、もうお昼食べた?」

「はい」

「あっちに座って話しましょうか」

水飲み場の側にあるベンチを指差す。梅の花の時季ではなく、梅雨《つゆ》にはまだ早いが空はくすんだ白の曇《くも》り空で、じっとりと蒸し暑かった。栄は持参した大きなトートバッグだけをベンチに置いて調整済みのカメラを取り出し、電源を入れた。

「……それは？」

かすかに三芳が目を眇《すが》める。

「カメラ回します」

宣言して、レンズを三芳に向けるといきなり核心を問うた。

「『マイ・ドキュメント』の制作において不適切な手法での撮影がありましたよね。いわゆる『やらせ』です」

細くなった目の、まつげ一本さえ動かない。鼓動が手先に伝わってカメラがぶれないよう強く意識して固定しながら、続ける。

「おととし放送された『摩天楼のネズミたち』です。あなたがベトナムからの帰還兵ティム・サットンとして紹介したホームレスは単なる仕込みの、素人劇団のメンバーでしかなかった」

彼の本名は――と続けようとした時、三芳が軽く片手を上げた。口をつぐむと、何かの資材を積んだトラックがごとごとと派手な音を立てて走り抜けていく。

「ピンマイクは？　ないの？　まあ、つけてるとそれもいかにも仕込みっぽいな、突撃取材にならない」

三芳は苦笑して「リテイク？」と尋ねた。

「さっきの、質問のところから」

「……いえ、このまま続けます。やらせを認めますか」

「はい」

あっさりと、そしてはっきりと認めた。

「僕からも訊いていいかな、どうして分かった？」

マコーネル氏が端役で映画に出ていた件を話すと「まじかー」とどこか他人事のように明るい口調で濁《にご》った天を見上げる。

「ドラマとか映画の露出がない人、SNSやってない人って条件つけたのになあ。まあ、放送後じゃ仕方がないか。よく気づいたね」

「なぜやらせを？」

「その前にアングル変えなくて大丈夫？　好きな位置に回り込んでくれていいよ。それとも大きな木の下に立ってるところとか。いや、別に悪あがきしてるわけじゃなくて、ワンカメだとどうしても画変《えが》わりがなくて保たないかなと」

まるでロケハンにでも来たみたいにあたりを見回すと、カメラの向こうの栄に視線を落ち着けて「ひとりで来たんだね」と言った。

「誰も信用できないから？　俺と同じで」

質問の答えを、と栄は促した。

「ティム・サットンとは誰ですか？」

「VTRを見たんだろう?」

三芳は答える。

「あのとおりだよ。身寄りもなく軍人になって何も分からないままベトナムに行かされ、何も分からないまま殺して、命からがら帰ってきて、すべてを失ってホームレスになった」

「……実在した人間の人生をなぞらせた?」

「そう」

三芳はジャケットの胸ポケットからうすっぺらい手帳を取り出すと、中に挟んでいたジッパーつきの小袋を取り出した。米ドルの小銭と、ぼろぼろの写真。マコーネル氏演じるティム・サットンがVTRの中でいとおしそうに撫でていたもの。

「これがティムの持っていた全部だ。昔の写真と、二ドル五十セント。本当にこれだけ」

カメラで撮りやすいよう、わざわざ手のひらに乗せて持ち上げる。そしてカメラがまた三芳の顔を捉えた時には、どこか寂しげで晴れやかにも見える表情をつくって待っている、ように見えた。俺は何を撮ってるんだろう、という疑問がよぎる。

「ティムに出会ったのは五年前。別の取材で訪れた時に僕が路上で財布を落として、彼が拾ってくれた。僕は、恥知らずにもその場で中身を確かめた。ティムは怒らなかった。お礼に金を渡そうとすると固辞して、一緒にサンドイッチを食べてくれないかと言った。俺はもう長い間、人と一緒にめしを食ってないんだ、と。スタバでサンドイッチとコーヒーを買って、セントラルパークの芝生で食べた。ティムの話を聞いた、彼の、人生の話を。取材させてほしい、とその場で頼むと、信じられないような顔をして、それから、喜んでくれた。日本でテレビに出ることなんてどうでもいい、誰かが耳を傾け、興味を持ってくれるだけで嬉しい、そういう素朴な喜びだった」

だだっ広いパークの、どのへんだったのかは分からない。でもその時栄の脳裏には、グレートローンの芝生で並んで座るふたりの姿が浮かんだ。ティムは真っ黒な指で構わずサンドイッチをつまんでいる。食べながら、たどたどしく話すものだから口の端からパンくずやレタスのかけらが飛び出すけれど三芳は熱心に聞き入っている。異様な取り合わせを奇異の目で見つめる者もいるが、彼らは気にしない——そんな光景。ティムとの思い出を語るうち、三芳の、テレビ映《ば》えにこだわる仮面がすこしずつ地の顔つきと混ざり、微妙に変化していく。栄は心のどこかでそれに興奮している。

「帰還兵の支援に携《たずさ》わっているNGOにティムの保護を頼んで日本に戻り、取材の手配をした。資料を集め、コーディネーターに依頼して、段取りを整え各方面に許可をもらい、やっと動き出せると思った時、上からストップがかかった」

「どうしてですか」

「スポンサー企業の取締役の息子が、ホームレスに爆竹《ばくちく》を投げつける動画をSNSに投稿して炎上した。このタイミングでホームレスのネタはちょっとね、と言われた。もちろんそれは日本での話だし、その企業から何か申し入れがあったわけじゃない。うちの、上層部の忖度だよ。出しの予定は一カ月後、タイミング的に、ちょうど沈静化していたものが再炎上するかもしれないと。もうしばらく置いておこうと言われて、代わりのネタを仕上げなきゃいけなかったし、撮影自体をペンディングするはめになった。ＮＧＯを通じてティムに詫《わ》びると『待ってるよ』と言ってくれた。でも、その翌月に彼は死んでしまった」

遺品の入った袋を握りしめる。

「精神的に錯乱する時があって、施設を抜け出して街をふらふらするんだ。ＮＧＯのスタッフは本当によくやってくれた、でも彼が何度目かの脱走で凍死するのを防げなかった。そして僕のところにわずかな遺品が送られてきた。手紙もついていた。叶わなかったけれど、ティムはあなたにインタビューしてもらうのを本当に楽しみにしていた、ティムは人生の最後にシュンジという希望を得られてよかったと思う……そんなわけがないだろう」

最後のひと言は、顔を歪《ゆが》めて吐き捨てた。もっと吐き出せ、という気持ちと、こんな時間一刻も早く終われ、という気持ちが等しかった。どちらかが重たくなればバランスを崩し、カメラに影響してしまいそうで体幹に力を入れ直す。

「約束を、守らなきゃいけないと思った。伝聞でも再現ドラマでもなく、ティム・サットンの人生を『事実』として伝えなくちゃ。だって彼は確かに生きていて、僕と話したんだから」

「それがやらせで、放送倫理上許されないという認識は?」

「もちろんありました」

そこからは、平坦な質疑応答が続いた。

——このことをほかに知っている人間は？

——いません、すべて僕の独断で行《おこな》ったことです。ほかの関係者やスタッフには何の責任もない。

——番組のほかの放送でこういったやらせや虚偽の内容は？

——僕が関わっている限りでは、ありません。

——今後はどうしますか？

——局に報告して、対応を協議します。

——ＶＴＲを作っている時、オンエアの後、あるいは今、罪悪感は？　後悔していますか？

——事実確認以外の質問に答える気はない。

訊くべきことは訊いた。嘆息しそうなのを抑えてカメラを下ろしかけたが「待って」と引き止められた。

「最後に僕からの質問——今回の件、かぎつけたのは設楽？」

「違う、そしてそれが誰かは問題じゃない」

「嘘だ、設楽に決まってる」

三芳はそう言い張った。生ぬるい風が、こめかみをつめたく撫でていく。いつのまにかひどく汗をかいていた。三芳の顔はみるみる黒ずんでいくように見えた。さっきまでとは違う、でも、これも確かにこの男の素だ。そんなものまで見たかったわけじゃなくとも、栄には選べない。蓋《ふた》を開けてみるまでは何が飛び出してくるか分からない――「ただの本当」だから。

「棚ぼたでネタにありつくなんてあいつらしい話だ。いつもそうだ。へらへらバカなふりして、大事な点はちゃっかり押さえてる。ずっと前から大嫌いだった。昔、スタッフの不祥事で左遷《させん》されたと聞いた時には嬉しくて祝杯《しゅくはい》をあげた。その程度の理不尽は味わうべきだ、神さまはいると思った。地方を転々とさせられてた時期は、こっちから暇を見つけて会いに行った。このままひとつところに落ち着くこともできず干されて終わっていくんだと思うと胸がすいた。でもあいつは、いつ会っても平気な顔で、予算がなかろうと人が乏《とぼ》しかろうと強情に設楽のままでい続けた。しかもまた東京に戻ってきて報道のど真ん中に据《す》えられて、今こうやって俺にとどめを刺そうとしてる。楽しいだろうね、面白いだろうね、何でも思いどおりになって」

そんなわけがあるか、あんたの思い出話、嬉しそうにしてたよ――言ったところでどうにもならない。設楽が左遷される時、された後、何を抱えてここまできたのか教えてやるのも栄の役目じゃない。設楽はこの男に、何も話さなかった。

「もう行くよ」

どこか憑《つ》きものの落ちたような、すっきりした声で言う。何をひとりで清算した気になってんだよと腹が立った。

「この時間だと夕方ニュースのどこかには入れられるかな？　それまでに先手を打たないと」

「夕方には出さねえ」

栄は言った。

「俺は『ザ・ニュース』のスタッフだから」

「ほら、やっぱり。設楽の教育が行き届いてるな」

「『誰も信用できない』」

最初の三芳の言葉をなぞる。

「……なに？」

「さっき言ってただろ。ちょっと分かるよ、中でも自分がいちばん信用できない。だから誰より走り続けるしかない」

カメラをバッグにしまって、肩から提げる。でも俺は、誰を信じるかじゃない、誰かに信じてもらうためにどうすればいいか、そこで悩みたい。

「V、無事放送できたら見ろよ。まあまあ面白いと思う」

「すごい自信だな、設楽がついてるからか？」

「さっきから設楽設楽うっせーな」

邪険《じゃけん》に言い放った。

「あんたがどうだろうが、俺はあんなやつ眼中にねーから。むしろあいつの眼中から外れたいんだよ、圧がうざ重い。わざわざ自分から絡《から》みに行って不快になるとか、単なるアホだろ」

振り向いて見た三芳は、きょうイチのぽかんとした笑える顔だったので、まだカメラ回しときゃよかったよ、とすこし後悔した。


夕方五時過ぎ、報道局のどこかからざわめきが上がる。

「大和テレビ、『マイ・ドキュメント』で不適切取材、ってネットに上がってます」

「まじで?」

「ほんとだ、yahoo のトップにもきてる」

「出元は?」

「大和テレビのHPと公式ツイッター」

「不適切な手法での取材を関係者が申し出たため調査中……何のことか分かんないな」

「『マイ・ドキュメント』のページもう見れなくなってる、はえーな」

「不適切ってどの回? 何だろ?」

「そりゃやっぱりやらせだろ」

「枕《まくら》? 賄賂《わいろ》払ったとか? カメラが入っちゃいけないとこに行ったとか?」

宣言どおり手を打ってきた。そこまでは想定内、あとは三芳が洗いざらいしゃべるのか、大和テレビが何をどこまで明らかにするつもりなのか。

「設楽さん、どうします？」

ニュースデスクがお伺いを立てる。

「一報として入れてもいいとは思いますが」

「ただ情報がないよね。画《え》も、ｗｅｂの画面と大和テレビの外観だけ……んー、フラッシュニュースの項目として一応積んどこうか。カットしてもいい順番で。オンエアまでにあっちが続報出してくるかもしれないから気にしといて」

「はい」

動揺は、特に見えなかった。「関係者」が三芳と決まったわけじゃないと思っているのかもしれない。設楽がパソコンから顔を上げた拍子に目が合った。

「なに？　栄」

「何でもねえ……いや、訂正」

「ん？」

「きょう、オンエア終わったらちょっと話あるから」

「分かった」

そんな異例の申し出にもすんなり頷いて何も読み取らせなかった。いや、別に俺が読み取ろうとする必要はねえんだよ。栄はただ、得た事実を伝えるだけだ。

結局、放送中に大和テレビから新しい情報は出されず、一応積んだVTRも尺の都合で流れなかった。反省会を終えて人がまばらになった頃、特に合図もなくふらりと立ち上がると設楽もついてくる。

「さて、どこで話す?」

「編集室」

いちばん手っ取り早い手段として、まずは昼間撮ったものを見せた。設楽は椅子にかけて片手で頬づえをつき、すこし眠たそうな表情を揺るがさずに三芳のVを見ていた。

——……答える気はない。

そこで停止を押し、隣の設楽を改めて窺う。

「……なるほど」

それが第一声だった。

「スポンサーに忖度してネタ捨てなきゃいけないのも、取材相手が死ぬのも、別に珍しい話じゃないんだけどな……異国で感傷的になって入れ込んじゃったのかなあ」

よそよそしく無感動なコメント——いや違う、と思った。気持ちは分かりすぎるほど分かるのだ。電波に乗せる放送を成立させるために日々どんなあやうい綱渡《つなわた》りをしているか。落っこちそうだ、と思うからこそ、たやすいほうに行ってしまった三芳を突き放す言い方になる。俺が同じことをやらかしても同じ反応なんだろうな、という想像は栄を傷つけない。むしろそうでなければ。

「で、俺はさっぱり経緯《けいい》を知らないんだけど、いちから説明してくれる？」

「ネタ元はうちのメインMCだよ」

麻生からのきっかけやニューヨークに飛んだことまで順を追って話す。

「で、直当《じかあ》たりした結果が今のVってわけか。三芳の発言、ウラ取れる？」

「話の中に出てきたNGOと担当者の名前は聞いた。恵に確認させてるけど、嘘は言ってないと思う。ここでせせこましくごまかしても意味ねえ」

「そりゃそうだ」

「大和テレビはどう出ると思う？」

今度は栄が尋ねた。

「調査中で時間稼《かせ》ぎして、詳細を公表なり会見なりするなら金曜日の夜、ニュースが終わった時間帯かな」

土日はどうしても報道番組やワイドショーの注目度も下がるし、それで週が明ければ「鮮度が落ちた」という理由でやっぱり扱いはちいさくなる。よくある手だ。そもそも、テレビは大々的に報じないだろう。

「これをきょう出さなかった理由は？」

設楽が椅子を回して身体ごと栄を向く。狭いから膝が当たる。

「……やってみたいことがある」

「どんな？」

栄が自分のプランを説明すると「ん～」と瞑目《めいもく》して腕を組んだ。

「それ、やっていいのかな～。上が何て言うかな」

「あんたが決めることだろ、Ｐがゴーサイン出せばあとはやったもん勝ちだ」

生放送に乱入して中断させるほうがはるかにやばい事故だし。

「俺を焚《た》きつけてる？」

「白々しい演技すんなよ」

まぶたを開けた設楽の目に灯《とも》る期待、断言してもいいけど俺よりわくわくしてんだろ。かなわないって、思わせてやるから。

「……だからって進んで怒られたくはないよ？」

「仕事だろ、我慢しろ」

「社内で制裁されたらどうしてくれる？」

「辞めれば。でも俺には迷惑かけんなよ」

栄は言った。踏みつけにしていい、と言った設楽への、これが自分なりの答えだ。

「辞めて、どこでもいいから制作会社入ってやり直せ。そしたら俺が使ってやる。業界最高齢ＡＤ、おもしれーじゃん。年収は十分の一ぐらいになるだろうけど頑張れよ」

設楽はうつむいてしばらく笑っていた。

「……言うことが逐一ひどすぎる」

「その割に嬉しそうだな」

「笑うしかないだろ」

けれど顔を上げた時、もう笑顔はない。静かに「いいよ」と言った。

「栄のやりたいようにやれ」


翌日の反省会で、簡単に放送を振り返ってミスや改善点を話し合うと、仕切り役のオンエアDが「ほかに何かありますか」と尋ねた。それはいつもなら「お疲れさまでした」に続く前振りのような問いかけなので、栄が片手を上げると一同目線だけでざわついた。

「この後会議するから、技術と演者以外は全員集合」

会議？　急に？　何で？　といっそう目配せが激しくなる。

「ごめん、唐突な招集で。強制じゃないけど、なるべくたくさんいてほしい。出稿《しゅっこう》部門の記者にも声かけるつもりだから」

設楽が補足すると「場所どこすか」と質問が飛んだ。場所、ああ、場所、押さえなきゃいけないんだったな。黙って深を見ると、即座に反応する。

「あっ、はい、大会議室取ります！　三十分後とかでいいですか？」

「あとカメラ三台、三脚も」

「分かりました」

「はい、じゃあそういうことで一旦締めます、お疲れさまでした。皆さんよろしくねー」

スタッフ内に不安と憶測《おくそく》の種だけまいて解散すると「部屋ぐらい前もって自分で用意しなさいよ」と設楽に呆れられた。

「取り方知らねえんだよ」

「甘やかされ放題だったから……」

わざとらしいため息に「うっせえよ」と毒づく。

オンタイムで大会議室に入ると、出席率ほぼ百％で、一様に表情は硬かった。まあ、急に集められる時って、いいニュースのためしがねえよな。これから自分がやろうとしていることがこのメンバーにどう受け止められるのか、栄にも想像ができなかった。備品のプロジェクターとノートパソコンをつなぎ、これも備えつけのスクリーンを下ろすと「電気消せ」と入り口近くのADに命じた。そのまま、何の前置きもなく、設楽に見せたのと同じ映像を流す。

——……え、何これ。

——大和テレビの三芳さんじゃん。

——やっぱやらせだったんだ……。

――何でこんなONが取れてんの？

散発的に上がるひそひそとした話し声は、三芳の話が進むにつれひくくなり、終わる頃には静まり返って誰も口を開かなかった。

「電気」

栄の指示で会議室が明るくなると、誰もが気まずそうな、居心地の悪そうな顔をしていた。

「今のVは、見てのとおり、大和テレビのやらせ問題についてプロデューサーの三芳駿治からウラ取った時のだ」

「三芳さん、出社してないらしいんですが」

ディレクターのひとりが声を上げた。

「きのう、自分からやらせの件言って、辞表出したって大和テレビの知り合いから聞いてます」

ならば、そのまま多くを語らず逃げるつもりなのか。栄にしゃべったことは、上に報告しているのかどうか。こんなインタビューを本当に流せるわけがない、とたかを括っているのかもしれないし、流せるものなら流してみろ、という挑戦なのかもしれない。栄じゃなく、設楽への。

「これは、きのうの昼に撮った」

「え……じゃあ、何できのうとかきょうの段階で流さなかったんですか？　ややこしいから扱わないっていう判断をしたんですか？」

「流す」

栄は断言した。

「ただ、きのうじゃないと思って見送った」

えー……とあちこちで困惑と疑問の声が上がる。

「すいません、ちょっとよく分かんないです」

また、別のディレクターが発言する。

「きのうでもきょうでもなきゃ、いつですか？　大和テレビが公式に動いたタイミング？　それって遅くないですか？　やらせだって話はもうこうやって業界で伝わってて、視聴者も勘づいてる。何があったのかってキモのところを早く出さないと。三芳さんが同じことをどこかでしゃべったらもうこれ使えないでしょ」

頷く顔、顔、顔。大体が同意見らしい。栄は「なるほど」と言った。

「ところで、お前らん中で、やらせしたことあるやついる？」

たぶん、設楽以外の全員がぎょっとしていた。もちろん「はーい」なんてあっさり挙手されるわけはない。

「よし、全員その場に顔伏せろ」

「給食費泥棒を探してるんじゃないんだから」

設楽が口を挟んだ。

「あの、質問の意図は何ですか?」

「こっちもやってたら報じられないとかだったら、最初から直当たりなんかしなきゃいいじゃないですか」

「そういうわけじゃねえ」

栄は立ち上がる。どうもうまく話が運ばねえな。当たり前か。ごちゃごちゃ口出しして俺の時間を無駄にするな、言われたことを黙ってやりゃいい、長い間そういうふうにやってきたから。でも、それは「今までの自分」だ。栄は新しい場所で、新しい選択をする。

「でも、完全に違うとも言い切れない。……さっきのV見て全員思っただろ、他人事じゃないって。ひとつやふたつ、心当たりが浮かぶだろ。クロじゃない、でも、真っ白な人間もここにはいないはずだ。ネタ、鮮度、納期、大事だけど、それに縛《しば》られすぎたら踏み外す。速報性《そくほうせい》ならネットにはとうにかなわなくなってる。俺は、俺たちはネットのプロじゃない、テレビのプロだ。だからプロとしての仕事をしたい」

机の上に置いたままのカメラを指差す。

「今からカメラ回す。定点と、手持ちは交代で。それを三芳のコメントと合わせて再編集した上で流す」

「待ってくださいよ、この会議をですか?」

「そうだ。取材者であると同時に当事者だから。同業者の声を流すのはごくオーソドックスな手法だろ。思ったことを言っていい。これ自体がやらせだって疑われるのは折り込み済みだ」

本当の中の嘘の中の本当の……終わりのない入れ子の構造の中で生きている、それはテレビというメディア自体が持つ宿命なのか、関わってきた人間の罪なのか。

「庇《かば》い合いにも過剰な攻撃にもならないような見せ方を考えるから——……違う、考えたいんだよ、俺は、ここにいる全員と」

間違いはあっても正解はない、結論は出ない、そう、分かっているからこそ。

誰も、何も言わなくなった。黙って空気を測《はか》る空気が充満し、栄はカメラのセッティングを始める。沈黙が答えでも構わない。単なる事実、単なる本当なのだから。

「名前出さない代わりにモザイクかけるつもりもねえから、いやなやつは今のうちに帰れ」

深が席を立ち栄のところへ近づいてきた。

「手伝います。定点は、入り口と、奥のほうでいいですか？」

「ああ」

三脚を立て、機材を準備する音だけが響く。

「こっちオッケーです。ハンディ、とりあえず俺がやりますね」

賛も否もないまま撮影が始まる。どうしよう、という迷いはどの程度映像で伝わるだろうか。すこしでもプレッシャーを軽減するため栄は目を閉じた。黙っててもいいけど、誰か何か言いやがれ。教えてくれ。何を考えてる？

頭の中でカウントする。一、二、三、四、五……。

十三秒目で、声がした。

「サンショウウオ」

目を開けて、顔をしかめる。すぐ隣からだったので、誰だと探すまでもない。

「……あんたかよ」

「ご不満ですか」

深刻なムードに沈み込んでしまわない、軽い口調で設楽が言う。

「まあいいか。サンショウウオがどうしたって？」

「いや、もう二十年ぐらい前なんだけどね？　京都の鴨川《かもがわ》で環境関連の特番撮った時、どうしてもオオサンショウウオの画がマストなのにいなくてさ。生き物はほんと難しいよねー。予備日はなし、タイムリミットは迫る……結果、餌《えさ》を置きました」

「天然記念物だろ」

「だから、名目上は、鮎《あゆ》を獲《と》るため。おやおや、鮎用の餌にたまたまオオサンショウウオが食いついてきました、ちょうどいい、撮影しちゃおう……」

いや、とツッコミが入った。

「設楽さん、それはアウトじゃないすか？」

「だってちゃんとした野生のサンショウウオだよ？　別に大学とかから撮影用に借りてきて泳

がせたわけじゃない」

悪びれない態度は計算ずくだ。案の定、えー、とあちこちから異議が上がる。

「やらせやらせ」

「悪い」

「逮捕だ」

「時効でしょー、栄、ここカット確定だから」

「あー、権力を盾にして」

「最悪ー」

空気がほどけ、砕《くだ》けた。よし動き出した、と机の下で手を握り込む。また強張《こわば》ってしまわないうちに「あの」とふたりめの声が上がる。意外にも、まだ若いＡＤだった。

「やらせっていうか……私、初めてつかせてもらったロケがドキュメンの企画だったんです。新人バスガイドに密着！　っていう。そこで、ディレクターが、指導役の先輩ガイドさんに『がんがん怒って厳しくしてください、それで、研修の最終日に初めて褒めてあげてください』ってお願いしてたんです」

「あるあるじゃん」

「そうなんです、今は分かるんです。当たり前だなって。でも、当時はちょっと、なんて言うか、引いちゃって。それってお芝居じゃないの？　みたいな。『ドキュメンであっても演出がすべて、Vの出来は俺らのディレクション次第だから』ってロケDに言われたの、思い出しました」

バラエティなら、足ツボマットを踏ませれば芸人は体感以上に叫んで悶絶してオーバーなリアクションを取る。熱湯風呂が本当に文字どおりの罰ゲームでなくても見逃される。それが「お約束の演出」として許されているゾーンだからだ。

「まあそれはさあ……」

「言い出すときりないよな」

「でも、これは大丈夫だろう、まだオッケーでしょ、ってどこか麻痺《まひ》してずるずるいっちゃって、気づけばアウトみたいな事例もあるわけだろ、そのアウトを客観的に見ると、え、何でこれセーフだと思った？　っていう……いつの間にか分かんなくなってくのは怖い」

「演出って便利な言葉だからね」

「大和テレビのも『再現です』って一行クレジットが入ってりゃ何の問題もなかったんですよね」

「それはドキュメンタリーじゃない……でもドキュメンタリーだって結局加工しまくってる」

「ニュースでも、たとえば火事のネタなら勢いよく燃えてる画を選ぶのは当然ですよね。現場にいると大したことなかったり」

「喜怒哀楽の極端なものが欲しくなるのは当たり前で、だってそうでなきゃテレビで流す意味ない」

「そうやって自分の首絞《し》めてってる感は最近ものすごくある。視聴者のメディア不信は深刻で、規制されれば巧妙にすり抜けようとするから悪質になって、またイメージが下がる」

「今、この場でだってカメラが回ってる時点で『リアル』じゃない」

「え、それ言い出したら哲学の領域じゃないすか？」

ふしぎと、全員の顔がよく見える、栄の意識にちゃんと入ってくる。栄の内側で何かがひらいたのか、あるいは栄が何かをひらいたのか。口火さえ切れば年齢もキャリアも関係なく言い合える、それは、設楽がつくってきた設楽の番組だからだ。一緒に仕事をしている、という実感を、初めて得られた気がした。

——先日の、大和《やまと》テレビのドキュメンタリー番組におけるやらせ問題を、当番組のスタッフの意見も交えてお送りしました。いわば、内輪のやり取りをあえて組み込んだのは、こうしてしゃべっている私を含め、放送に携《たずさ》わる全員が関係者であり、そこに触れずに事実関係だけを伝えるのは不十分だと思ったからです。もちろん、やらせを肯定《こうてい》することはありえません。間違った情報、虚偽《きょぎ》の情報を故意に流すのは言語道断です。その前提に立ったうえで、今、カメラに映っていない部分に確かに存在している作り手の、迷いや弱さを見てほしいという意図で制作しました。人間のつくるものには限界があり、誤《あやま》りや過《あやま》ちがあり、そして脆《もろ》い。そのことに対して開き直るのではなく、つねに反省と葛藤《かっとう》を抱えながら進んでいきたいと思います。

VTRの受け、スタジオで麻生《あそう》のコメント、そこで締めてCMに行くはずだった。しかし麻生は横にいるサブキャスターの国江田《くにえだ》を見た。

——国江田さんはいかがでしたか、今のVTR。

「うわ、振った……」

オンエアDが額に手をやる。アドリブは結構だが、こんなデリケートなネタでは、と副調整室《サブ》に緊張が走る。スタジオでどう料理されるかで、Vへの評価が変わってしまうこともある。だから、番組の顔である麻生がまとめる、という流れで打ち合わせをしていたのに、敢えて国江田にパスを出した。

スタジオにいる設楽《したら》がどんな顔をしているかは、考えるまでもない。どうせ楽しそうに笑ってんだろ。

国江田は、驚きさえ見せずに麻生の振りを受け止める。

——本当とか嘘という言葉を、日常生活で当たり前に使いますが、本来はとても重い意味を持っていると思います。……今、こうして話している国江田計《けい》というアナウンサーも、カメラの前にだけ存在する、嘘といえば嘘なのかもしれません。

「3カメ、国江田、ズームでゆっくり寄って」

栄《さかえ》も同じ指示をしただろう。いい悪いではなく、「本当のこと」を言っている顔は、美醜《びしゅう》に関係なく見る者を惹きつける。裏を返せば、カメラと相対《あいたい》して、不特定多数に「心からの言葉」を伝えるのはそれだけ難しい。麻生が「自分の言葉じゃない気がする」とやらせに気づいたのは必然かもしれない。嘘と本音、本音と建前を瞬時に使い分けるのがアナウンサーだから。

——昔、この番組のプロデューサーに訊かれました。番組づくりでいちばんよくないことは何かと。情けない話ですが、私は、答えられませんでした。それは、「視聴者のほうを見ないでつくること」でした。言葉にすると簡単ですね。でも、実際できているだろうかと考えた時、いつも疑問符がつきます。疑問符を抱き続けることしかできないのかもしれません。ただ、私が視聴者のほうを向けずに迷った時、立ち止まった時、ここにいる誰かが教えてくれると信じています。そうじゃないよ、と正してくれるはずです。そして私自身もそうでありたいと思います。

「振りなし、このまま直結でCM」

CMに変わるまでの五秒間、国江田はほっとしたようにすこし表情をゆるめてから、また礼儀正しいアナウンサーの貌《かお》に戻って頭を下げた。次のコーナーのテロップも番組のロゴも出さずにCMを打った判断は正しい。サブの国江田がメインの麻生を食うほどの存在感を見せた、あそこでほかの情報はノイズにしかならない。

「よし、よし、よかった、国江田えらい」

「いいコメントもらって逆にVがかすんだな……」

「それなー！」

安堵の会話が飛び交う中、栄はパソコンでリアルタイム視聴率の推移を見ていた。実際の結果とかなりずれている時もあるが、現状は十五分の長いVも含め、グラフは上がったり下がったりで、コーナーの入りからはわずかに上昇傾向《けいこう》といったところか。さて、どうなるか。

その日の反省会が終わってから、国江田を呼び止めた。

「お前、あれ、自分に振られるって分かってたか」

「うっすらと」

国江田は端正な微笑とともに答える。

「麻生さんは予告なく振ってくるような気がしたので、あえて考えないようにしていました」

「逆じゃねえの」

「用意した言葉は、用意したなりにしか響かないので」

実況ならともかく、このシリアスなネタで展開を予想できたなら構えておくのがごく普通の感覚だろう。プロのくせして、台本から一言一句変えませんと平気で言うアナウンサーもいる。

「……というのは、僕が未熟なせいかもしれませんが、本番の流れの中で、麻生さんの言葉を受けて何が言えるか、そこで勝負しないとあのVには負けると思いました」

「緊張しなかったか」

「緊張はいつでもしてますよ」

と、すこし崩した笑顔を見せる。

「この番組、いろいろと普通じゃないので、油断させてもらえないでしょう」

ああ、そうだな。つくづくそう思うよ。

「お前、芸人になってもよかったのにな」

「えっ？」

栄の言葉に目を丸くする。

「あの、それはどういう」

「別に。単なる評価」

アドリブ力と舞台度胸への。

「僕、何も面白いこと言えませんが」

「そういうのは二の次。面白くするのはこっちの仕事だから」

なぜか、皆川《みながわ》が遠巻きにしつつ腹を抱えて笑い、深《しん》が必死の形相《ぎょうそう》でその腕を引っ張っていた。

「はあ……」

「栄、ちょっといい？」

設楽に手招きされたので、釈然《しゃくぜん》としないようすで小首を傾《かし》げる国江田を残してスタジオを出た。設楽は編集室まで栄を連れていくと「お疲れ」と言った。

「用件は三つあるけど——いやな顔するなよ、そんなにかからないから。まずひとつめ。いいVだった。ぎりぎりを攻めた、相馬《そうま》栄らしくて新しい相馬栄の作品になってた」

「局長はプレビューん時、ぎりぎりアウトだろって顔してたけどな」

「そりゃ、肉を切らせて骨を見せるようなつくりだったから。でも三芳《みよし》のナマの声が取れてるのはうちだけだったし、結局、面白いものができたと思えばオンエアしたいっていう欲求には勝てないよね、テレビ屋としては」

やらせについては、時間がない中で取材対象が急死し、替え玉を立ててしまった、というのが大和テレビの公式見解だった。三芳個人の感情的な理由については、公表を控えたのか三芳自身が口を割らなかったのか、問い合わせても「発表した調査結果がすべてです」というそっけない回答しかなかったので分からない。三芳はあれ以降出社しておらず、一応は解雇《かいこ》でなく依願退職《いがんたいしょく》のかたちで処理されたらしい。設楽が連絡を取ったかどうかは訊かなかった。「マイ・ドキュメント」は存在ごと、業界に数多《あまた》ある黒歴史のひとつとして葬《ほうむ》られる。新入社員のコンプライアンス研修の教材にはなるかもしれない。

「で、ふたつめ、ニューヨーク行った出張旅費、ちゃんと申請しとくように。次からはこんなスタンドプレーは認めない。好きにしていいとは思ってるけど、ルール違反を容認する気はない。俺に一言の了解も得ず動くな」

淡々とした口ぶりだが、目を見るに割と本気で怒っていた。いやあんたの同期が、と喉元まで出かかったが、決めたのは自分だから「分かった」とそこは素直に応じる。

「よろしい」

「みっつめは？」

「三芳のVのシロ、見せて」

まさか今になって言われると思わなかった。一瞬黙ったことで確信を与えてしまっただろう。

「……何で」

「あの時、お前がちょっと焦《あせ》って停止したように見えたから、続きがあるのかなと思ってた。でも上がりのVには何もなかった。……俺の勘違いではないよね？」

「今回の件とは直接関係ない会話だった」

「ふーん」

このまま黙っていていいのか、という迷いはずっとあった。見せるも隠すも栄の肚《はら》ひとつだが、見せるべきとも隠すべきとも思えなかった。設楽と三芳のことは、栄には関係がない。だから、目敏《めざと》く勘づかれて半分ほっとしたというのが正直なところだ。

「知らねえぞ」

「どういう意味」

「見りゃ分かる。その前に場所変えようぜ」

「栄の家？　俺の家？」

Ｖの編集に追われて自宅は荒れ気味だったので、あくまでも自分のために後者を選んだ。

「何でこの至近距離で車通勤してんだよ」

「帰りにそのまま適当に走りたくなる時もあるし、今みたいにテイクアウトが発生すると便利だから」

持ち帰られてるんじゃなくて行ってやってんだよ、と主体について言い争う間もないくらいの距離だ。助手席で携帯をチェックすると麻生から「さすがの仕事だったな」とＬＩＮＥがきていた。「またマッサージをおごるよ」とも。

「誰が行くか」

「ん？　何が？」

「何でもねえ、こっちの話」

心の荷をさっさと下ろしたいので、リビングですみやかにパソコンを開いた。三芳が「待って」と引き止めたところから再生を始める。設楽はＣＭ中のテレビの前にいるような、興味の希薄《きはく》な眼差しで短い映像を見ていた。

「えー……」

というのが、最初の感想だった。

「そんなこと言われてもなー」

至って軽い、ぼやき口調。

「嫌われてるってまじで知らなかったのかよ」

「嫌われてるとかはっきり言うなよ。知らないよ、こっちは普通に友達のつもりだったんだから。嫌いならつるまなきゃよかったのに」

「本人に言えよ」

「ん～……三芳より俺のほうが優秀だなんて思う人間はいなかったし、へらへらしてるって言うけど、深刻にしてたら問題が解決するわけじゃないし、順風満帆《じゅんぷうまんぱん》なんてありえないって分かるだろ？　気楽に仕事してないのも、大変なのも、それはお互いに了解してるって——同業なんだからさ」

「いらつく気持ちは分かるけどな」

「何だよ」

「結局、三芳駿治《しゅんじ》に大して関心なかったんだろ。だから気づかなかったんだよ」

「お前はいったいどっちの味方して言ってるの」

「さあ。でも、あんた自分で言ってただろ、本当のことはただの本当だって。二十年もお友達のふりしてくれたんなら、それであんたも楽しかったんなら、その嘘って、ある意味誠意じゃねえの」

「三芳に怒るなって言ってるように聞こえる」

「怒りたいのかよ」

「怒る……どうかなあ、怒りっていうか……」

設楽はそっとパソコンを閉じ、蓋《ふた》の上に置いたままの手を見つめてつぶやいた。

「——……じゃあどうすりゃよかったの、とは思うよ。泣きついたり愚痴ったりしてたら満足だったのかな」

途方に暮れている。どこかで間違えたのかと。最初から関わらなければよかったのかと。苦さと寂しさの入り混じった、作為《さくい》のない表情は栄が今まで見たことないたぐいのものだった。栄はたぶん初めて、嫉妬という感情を覚えた。設楽にこんな顔をさせた三芳に。でも、自分がこんな顔をさせたいかと言われればそれは違う。その矛盾は、何だか愉快だった。

「……なに笑ってるの」

知らず口元がゆるんでいたらしい。「意地が悪い」と半分くらいいつもの調子に戻って設楽が言う。

「人が落ち込んでるのに笑うかな」

「面白かったから」

「人でなし」

確かに。でも、どんな顔、どんな嘘でこういう時間を分け合えばいいいんだろう。分からないので訊いてみる。

「じゃあ俺にどうしてほしいか言ってみな」

何だ、そんなのでいいのかよ。

「安いな」

「安いのは安売りしてくれるからだけど。お前こそそんな簡単でいいの？」

「言葉とか心で慰めろって言われるよりは楽だからな」

「栄らしいね」

「嬉しいだろ？」

「うん――いや、心だって言葉だってほしいけどさ」

設楽は栄の顎《あご》を指でそっと持ち上げ、陶器《とうき》か何か検分するような眼差しで栄を下から上に撫でていく。

「見えなくてさわれないものは、今はいらないかな」

シャワーを浴び、タオルだけ腰に巻いて寝室に行くと、設楽はベッドに座って身体をすこしねじり、頭側の壁に貼ってある写真を眺めている。十年以上前の設楽と栄だ。ベッドサイドの渋い柿色の灯《あか》りは、設楽の陰影をぼんわりと膨《ふく》らませ、実体より曖昧《あいまい》に黒いそれは栄をすこし不安にさせる。だから乱暴に「おい」と呼びかけた。

「なにぼけっとしてんだ、やる気ねえんなら俺寝るぞ」

「ああ、ごめん、やるやる。こっち来て」

栄を隣に座らせると、ゆるい感じで肩を抱いてきた。自分から誘っといて、やるやる、ってテンションじゃねえだろ。それでも逆らわずされるままになっていると、設楽は頭をもたせかけてぽつりとつぶやいた。

「おかしくもないのに笑えない」

壁の写真よりさらに前、栄が言った言葉だった。

「思ってもないことは言えない――栄のそういうところに救われてきたなって思うよ」

「何の話だよ」

「俺の話」

笑っているほうが楽、思ったことを言うほうが難しい――設楽はかつてそう言った。きっと今もそうだろう。

「栄のことを、面白いやつだなって思った。でも二年目の新人が怖いもの知らずで言えるだけで、すぐにこんな幼い矜持《きょうじ》は曲がって折れるだろうって」

「んなこと思ってたのかよ」

むっとした。

「そうなってほしくないから、俺にできることは何でもしようって決めたんだよ。不遜《ふそん》で生意気な栄のままでいてほしかった。お前は俺のわがままに応《こた》え続けてくれた。ありがとう」

別にリクエストにお応えしたわけじゃねえ、と言いかけてやめた。

「曲がってたら俺に興味失くしただろ。何だつまんないって。半端《はんぱ》に曲げるくらいなら完全にへし折れて再起不能になれってタイプだよ、あんたは」

「俺が人でなしみたいじゃないか」

「否定しねえんなら自覚しろ」

「好きだよ、栄」

答えになってねえし。

「栄は俺のこと好き？」

そんな質問は初めてだったので、ちょっと驚いて答えた。

「いや」

「せめて一秒は考えてくれ」

「考えるまでもないだろ……でも、お似合いってやつじゃねえの」

この男には栄が、栄にはこの男が。それぞれに自分勝手で重くて、そしてこれでも一応、お互いしか見えていないところとか。

「そうか」

肩に回された手がぐっと熱っぽくなった気がした。

「嬉しいよ」

やっとエンジンが温まってきたらしい。栄の唇をふさぐのと同じくらいのタイミングで差し出された舌はもう熱い。からかうように軽く歯を立てると、もっと噛めと言わんばかりに深く突っ込まれ、こっちの舌をまさぐってくる。自分の意思で動かしているはずの軟体《なんたい》が、いつしか制御を外れて勝手に同族の交歓《こうかん》に耽《ふけ》っている錯覚《さっかく》を覚える頃にはどっちの体温も上昇している。両耳を指で弄《いじ》りながら設楽は舌の絡まる合間に「やばい」とささやく。

「もう挿《い》れたい」

「挿れりゃいいだろ」

「駄目に決まってるだろ」

ため息が至近距離で唇をくすぐる。

「ちゃんと拒《こば》みなさいよ」

「身体で慰めろっつったのはあんたじゃねえか」

そして栄は応じたのだから、好きな慰められ方をすればいいのに。設楽はすこし身体を離すとじっと視線を合わせてきた。灰色がかってにじむ瞳の奥で何を思っているのか、今も栄には読めない。でも設楽のほうが「お前は謎だね」と言うのだ。

「他人に踏み込まれるのをいっさい許さないかと思えば、自分っていう容《い》れ物を逆さまに引っくり返すような明け渡し方してくれる」

配分をいちいち考えるのも面倒だし、けちるほどのものもなく、そもそも栄の内側に踏み入りたいなんてもの好きはひとりしかいないと思う。でも長い言葉を発するのも億劫《おっくう》になってきて「不満かよ」と尋ねた。

「まさか」

設楽は触れるだけのキスをして栄をシーツに横たえた。

「脚、開いて」

タオルを外し、言われるままにすると、足の間ではなく隣に添い寝するような体勢でくっついてきた設楽が小分けのローションの封を切り、たっぷり濡れた指で性器を軽くなぞってふるわせてから奥へと触れた。

「ん……っ」

下の口もつめたさにきゅっとすくみ、その動きを追いかけるように潤滑《じゅんかつ》をまとった指先が挿《はい》っていく。このままやっても別にいい、という栄の気持ちとは関係なく、そこは当然まだきつい。一本の侵入でも周辺の筋肉や臓器が強張《こわば》り、心音が軋《きし》む心地がする。設楽は浅い抜き挿《さ》しを繰り返し、抜くたびに表皮《ひょうひ》を丁寧に撫でた。むず痒《がゆ》さと同時に、緩慢《かんまん》にマッチを擦《す》られているようなもどかしい火がくすぶるのを感じる。その火は内側から栄をすこしずつ溶かし、異物の出入りをスムーズにさせた。

「あ」

何を蹴《け》りたいわけでもないのに、かかとがシーツを泳ぎ始める。ゆるやかな馴致《じゅんち》のさなかに唇をふさがれ、そこでもやわらかく粘膜《ねんまく》や舌を愛撫されるとあちこちの感覚が混然となってくる。指で口唇《こうしん》をなぞられたし、舌で身体の内側をたぐられた。

圧迫や快感で自分という一個の肉体を強烈に意識しながらどんどん自分が失くなっていく心《こころ》許《もと》なさを感じてもいて、この両極の矛盾はほかの誰と寝ても味わえないだろう。

怖いはずなのに、悦《よろこ》んでいる。

互いの口腔《こうこう》で温められた唾液《だえき》と、栄の膚《はだ》で温められたローションが同じ響きで音を立てる。ぬるりと指が増やされても、緊張は走らなかった。むしろ知っている発情を求めて腹の奥が逸《はや》る。

「んんっ……！」

激しく内壁が締まった。直には触れられない、けれど確かな種火を粘膜《ねんまく》越しに掠《かす》められたせいだ。それを外側からも確かめたくて、栄は自分の性器に手を伸ばして扱《しご》き始めた。

「手伝う？」

「うるさい」

「心からの申し出なのに」

だからいやなんだよ。設楽の唇にがぶっと噛みついて自慰を続けた。性器の性感が高まってくると、後ろに嵌《は》まっている設楽の指と、嵌められている自分の粘膜と、両方をより生々しく認識する。どっちの刺激が主なのか分からなくなった。貪《むさぼ》りたいのは出すことか出し入れされることか。設楽は栄の耳をあちこち食《は》み、中に舌先とひくいささやきを差し入れた。

「……いい眺め」

「ん、ぁ」

耳たぶをそっと上下の前歯で挟み、しりしりと動かされると腰の力が抜けていく反面、手の中の昂《たか》ぶりはいっそう膨らんで脈を盛んにする。内壁にも拍動が伝わるのだろうか、同じリズムで指が前後して栄の血管にたっぷりと興奮を送り込んだ。

「あぁっ……！」

体内から押し上げられた発情で先端が透明な液を滴《したた》らせる。自《みずか》らの潤《うる》みで手の動きはエスカレートし、でも栄を漲《みなぎ》らせるのは、その下で体内をまさぐる指のほうだった。三本も含まされてきついのは確かなのに、ローションでぬめる器官はすこしもいやがらず吸いついている。

「っんん、あぁ」

火種は体内で熱く膨らみ、内奥《ないおう》から栄を食い破りかねない。もどかしく隔《へだ》てられたところから設楽に刺激され、ひっきりなしに疼《うず》きを発信して栄の腰を揺らす。何の遠慮もなく顔を覗き込んでくるからにらんでそむけると、また無防備になった耳に食いつかれる。

「あ、やめ、ろっ」

「え、どの行為を？」

言い返せなかったので空いた手で設楽の耳を思いきり引っ張ってやった。

「いてて――こら」

なかの指が、濃密に発情している箇所《かしょ》を弄り回して一気に追い詰める。

「うぁ、ああ……っ！」

「ほら、そういうことされると手元が狂っちゃうから」

「ざけんな」

「いや、正しい手順なのかな」

「あっ……」

隠しようもなく弱みを暴《あば》かれ、途切れ目のない性感で内臓から浸食《しんしょく》される。ぱんぱんに充填《じゅうてん》された性欲がまっすぐに性器の中心を貫《つらぬ》いて飛び出していった。

「あ、あぁっ」

快感と、熱源を喪失《そうしつ》したような寒気で全身が波打つ。でも体温が下がるのはほんの束《つか》の間で、冷えかけた汗がまた沸騰《ふっとう》するほどの交わりが与えられる。

「ん、ぅ――」

指が抜けてもの足りない口に、本当に欲しかったものがあてがわれただけで血が沸き立ってざわざわした。どうにもできない、手が届かない焦燥《しょうそう》のありかに食い込まれ、組み敷かれると、無力に貪《むさぼ》られるほかない自分自身に後ろめたいような興奮を覚える。それでいて、設楽の欲望を剥き出しにさせているという優越感じみた歓《よろこ》びもあった。

「栄」

「あ、あっ」

ぐずぐずに熟《う》れ落ちそうだと思っていた交接部はもちろんかたちを保っていて、容赦《ようしゃ》なく犯されてもなお嬉しげに雄を啜《すす》り、より奥深くへとうねりながら誘ってみせる。

「あ――」

根元までぴったり繋がった、と感じるのと同時に、設楽の眼差しがかすかに翳《かげ》った気がした。充足ではなく行き止まりを感じ、これ以上深く交合できないのを残念がっている、そんな表情に見えた。見えるもの、さわれるものに慰められたいというのは、栄が考える以上に切実な望みだったのかもしれない。もちろん想像に過ぎないし、答え合わせする必要もない。

「しょうがねえな」

「ん？」

栄は両腕を伸ばし、設楽の上半身を抱き寄せた。そうして互いの鼓動《こどう》と高揚に触れる。設楽は何も言わず一度しっかりと唇を重ね、小刻みな律動を始めた。背中に手を這わせたまま、その呼吸に合わせる。

「あぁ、あっ、あ……」

すこしだけ頭を持ち上げ、すぐ傍《そば》で忙《せわ》しく動く設楽の胸の真ん中に喘《あえ》ぎと息を吐き出した。

「……くすぐったいよ」

そう笑いながらも、栄以上の力を込めて抱き返すと密着した状態で短く強く腰を打ちつけてくる。

「んっ、あ、あぁっ」

息や声で、痕がつけばいいのに。この男の汗ばんだ肌に、めったにさらさない肚のうちや、心臓にだって。見えなくてさわれなくてでも消えない、栄だけに分かるしるしがつけられたら。

「あっ！」

残らず犯されたと思っていた内部の、まだ知らなかった箇所をごりっと抉られてびくんと背中に爪を立てた。こっそり願ったのとは違う痕だけれど、これはこれでいい、と思った。

「あ、あ、んんっ」

律動を繰り返されても飽きることを知らない身体がそのたび反応して咥《くわ》え込んだ性器を締め上げる。快感は楔《くさび》になって栄の中に立て続けに打ち込まれ、何度もちいさく息の根を止められている気がする。止められながら、生きている、と思い知る。挿入と同時にこみ上げるのはふるえがくるほどの歓喜。血でも肉でもない何かが、身体以上の快感を得ている。設楽にしか与えられないもの。そして栄が設楽に与える快感で栄のなかの設楽は熱《いき》り立ち、隘路《あいろ》を押し拡《ひろ》げて独占した。煮立てられ煮詰められる発情が互いの肌の内外で無数に泡立ち、弾《はじ》けるたびに頭の中が一瞬白く灼《や》ける。

「あぁ……あ、ぁっ」

設楽の性器はどこまでだって硬く太くなっていく気がした。そしてそれに沿って自分の身体も際限なくやわらかに蕩《とろ》けていく気がした。踏みとどまらなければいけないとも、このまま果てのない性交に溺《おぼ》れ続けたいとも思った。でも、生身の行為には必ず終わりがある。

「栄、もういく」

そう、短く言うなり設楽が栄の腕を振りほどき、両肩を手で押さえつけてまっすぐに見下ろしながら、それまででいちばん鋭く大きな楔で栄を貫いた。

「ああっ……！」

貫いた先で勢いよく射精し、流れ出た興奮でさえ犯す。性器のけいれんがおさまると、栄は「変態」と毒づいた。

「出されてる時の顔、そんなまじまじ見たいかよ」

「うん」

悪びれも照れもせず、どころか「アンコール」と栄に起き上がるよう促《うなが》した。

「何がアンコールだよ」

「だって栄、まだいってないだろ」

「ん……っ」

繋がったままゆっくり体勢を変え、向かい合った設楽にまたがって座る格好になる。自重《じじゅう》でより奥まで呑み込んだ性器は、再び確かな芯を孕《はら》んでいた。

「動かすぞ」

「あぁ、あっ」

栄の腰を両手で揺すり、上下の摩擦《まさつ》を与える。さっきの精液がじわりと体内を下り、交わるふちでちゅくちゅくと卑猥《ひわい》な音を立てて心身の両方を煽《あお》った。ごく短い落下に過ぎないけれど、重力が加算された快感は激しい。設楽の首にしがみつくと、鎖骨《さこつ》のつけ根で熱い吐息が揮発した。

「……くすぐってえな」

今度は栄が笑う。

「さっきのお返しだよ」

「子どもかよ」

子どもにするみたいなキスを額に落とした。すると設楽は目の前の胸に舌を這わせ、ひとりでに固くなっていた乳首を弾くように舐《な》める。

「んっ！」

「栄、動いて」

「バカ、そこでしゃべんなっ……」

ちいさなしこりを吸い上げられて軽くのけ反《ぞ》った。その背中の溝《みぞ》で遊ぶように長い指が行き来する。栄は自分のいいところに当たるようにもどかしく腰を揺らし、押しつけた。そのままゆるやかに昇ってもよかったのに、結局はまた設楽が強く突き上げてきた。

「あぁっ……ん、あっ」

「いきそうになったら教えて」

「あ——出す時の顔も見たいってか」

「うんそう」

だから、ちょっとは悪びれろ。

「あ……っ」

この体位での動きに身体も馴れたのか、串刺しにされながら旺盛《おうせい》に雄に吸いつき、しゃぶるようにひくつく。体内をまっすぐ駆け上がる快感は喘ぎでも呼吸でも逃がしきれず、栄の髪の毛の先にまで巡り、発熱する。

「ん、あっ……もう、出す」

「うん」

ぐっと、性器で押し上げた身体が落ちてくると、再び打ちつけた。栄のひらいた先、設楽しか知らない最奥《さいおう》に。

「ああ……っ」

栄も設楽の身体と昂ぶり、両方を抱きすくめ、達する。

「んっ」

しばらく呼吸をととのえると、設楽はまた栄をシーツに倒して、性器を引き抜いた。栄はすぐに起き上がり、設楽の下腹部に手を伸ばす。

「ん？」

「いってねえだろ」

「そのうち収まるけど」

「最後まで慰めてやるよ」

「こんなサービスしてもらえるんなら、毎日人に裏切られてもいいや」

「じゃあ手始めに俺から裏切ってやろうか」

「仕事で？　プライベートで？」

「あんたが傷つくほう」

「甲乙つけがたいな、ていうかやめてね、本気で」

答えなかったけれど、自分の男を裏切るのは自分を裏切るのと同じだから、しない。たった今まで栄のなかにあったものを扱き立てる。鈴口《すずぐち》から先端にかけてを指で強く擦ってやると設楽はすこしまつげを伏せ、栄の唇を求めた。手でいかせるまでの間、何度も無言のくちづけを重ねる。

「つまんねえな」

編集途上のVを見て栄はぼやいた。

「総理がゴルフしてるだけの画《え》が面白くなりようがないんですけど」とディレクターが答える。

「ホールインワンとか池ポチャしてねえのかよ」

「そんな都合よく撮れませんよ」

「んー……そうだ、せめてあれ入れとけ、テロップで、18ホールPAR《パーフォー》4とかの表示。スポーツのフォーマットであるだろ」

「その情報いります？」

「いらねえから面白いんだよ、総理のゴルフになぜかスポーツニュースみたいなテロップ。記者に連絡してコースとスコアの情報もらっとけ」

「分かるかなー……」

そうだ、スポーツといえば、きのうの野球のVはせかせかしすぎて余韻《よいん》がなかった。言っておかなければ。テロップ発注しとけよ、と言い残して立ち上がる。

「相馬さん」

深が駆け寄ってくる。

「何だ」

「こないだの特集V、DVDに焼いてモーターコイルのふたりに渡したんです。めっちゃ面白いって興奮してました。そんで、成仏《じょうぶつ》できそうですって伝えてくださいって言われたんですけど……」

成仏という単語を深はそろりと口にしたが、栄は意味が分かるので軽く頷いた。

「あのV、今度三十分に構成し直して深夜に流すから」

「そうなんですか?」

視聴率自体はさほどでもなかったが、U40《アンダー》、テレビ局がいちばん欲しがっている若年層《じゃくねんそう》で目覚ましく伸びていたらしい。ネットでの反応をざっと流し見た感触は賛否が4対6くらい、ただ栄の印象では、批判はされても否定はされなかった、それで充分だ。

「相馬さんが作らはるんですか?」

「いや。きょうの会議で周知するけど、やりたいやつにやらせる」

「え?」

「素材は好きに使っていい、そこから構成立てて追加取材して作ってみたいって思うやつが取り組めばいい」

それって、とためらってから深が尋ねる。

「俺でもいいんですか?」

「誰でもいい。複数立候補されたら企画書と構成台本見て判断するけどな」

「なら、やってみたいです」

「好きにしろよ」

栄、と呼ぶ声がする。自分を名前で呼ぶ人間は社内にひとりしかいないのですぐ分かる。この先、ふたり、三人、と増えるだろうか? ねえな、とすぐに打ち消す。ひらかれないままの可能性。そういうのがあってもいい。栄をひらくのも閉じるのも、この世でただひとり。

「おーい栄、打ち合わせ」

「うるせえな、聞こえてるよ」

そのひとりに向かって、栄はぞんざいに返事をした。

つないで

柄下山《えげさん》送信所設備概要

六波共建設備

鉄塔　自立式四角鋼管《こうかん》トラス構造（九十メートル）　頂点の高さ百二十一メートル・送信アンテナ三式

局舎　鉄骨鉄筋コンクリート造　地上三階　地下一階

設備　商用電源　一系統受電　非常用発電機（ディーゼル）六六〇〇V－一〇〇〇kVA

燃料　三〇〇〇〇リットル軽油（地下タンク貯蔵）十日分

放送機　送信出力三kW

新大阪を過ぎたあたりで眠たくなってきた。気圧のせいかもしれない。空は、どんより濁《にご》った雲がゆるくうねりながら海のように延々と続く退屈な眺めだ。

「あっち、結構な雨降ってるらしいんですけど」

「そうだねえ」

「うわ、雨雲レーダー真っ赤……この状態で、あしたほんとに講演会なんかやるんですか？」

「先方が一応来いって言ってるから。キャンセルになったら適当に観光すればいいんじゃない、雨だけど」

「いいですね、駅ナカにいろいろあるみたいだからお好み焼きの店でも探しときます」

「栄《さかえ》は何食べたい？」

無視して窓にもたれ、目を閉じる。雨音はますますけたたましく、頬やこめかみに打ちつけてきた。


「講演会の話が来てるんだけど」

設楽《したら》から話があったのは梅雨《つゆ》が明けた七月上旬だった。

「こないだの『マイ・ドキュメント』がらみのオンエアが評判よかったから、制作秘話とか、メディアの虚実《きょじつ》について語っていただきたい、と広島ピーステレビから。社長の我孫子《あびこ》さん、いい人だよ。ずっと報道畑で、出向《しゅっこう》した時も世話に」

「どうぞどうぞ」

話を遮《さえぎ》って栄は相づちを打った。

「心置きなく行ってこい」

「いやいや、担当D兼CPが行かなきゃ始まらないから」

「じゃあ断る」

「俺の話聞いてたかな?」

ゼネラルPはにこやかにのたまう。

「やるやらないの選択権を与えた覚えはないよ、系列局からの要請を俺よりもっと上が了承しちゃってるもんで、そこはもう決まってるんだよね」

「じゃあ替え玉立てるわ」

視線でそこらにいるスタッフを物色すると、示し合わせたように目を伏せ次々と席を離れていった。

「おい」

「本気でやると思われてるね。替え玉のネタを替え玉がしゃべるって、まあ面白くはあるけど」

「百歩譲ってレジュメは作ってやる、それ読むだけなら誰でも一緒だろ」

「いやいや、質疑応答とかもあるだろうし」

「想定問答《もんどう》も用意する」

「そこまでやるんならどう考えても自分で出たほうが楽だよ」

急にひと気《け》のなくなった一角に「おはようございます」と見ない顔が近寄ってきた。

「あれ、昼前ってこんなにがらんとしてるんですか？　皆さん取材ですか？」

まだ二十代半《なか》ばくらいの、若い男。局員用の入館証をぶら下げているからどこぞの広報や事務所のマネージャーではなさそうだ。

「いやいや、ちょっと事情があって。栄、彼のこと知ってる？　知ってるわけないよな、コンテンツ事業部の美作《みまさか》くん」

「分かってんなら訊くな」

「相馬《そうま》さんですよね、美作基《もとい》です、初めまして。五月からこちらに出向してきたばかりなのでご存知なくて当たり前だと思います」

基は笑顔で名刺を差し出し「広島の講演会の件で」と切り出す。

「ああ、ちょうどその話してたとこ」

「それで人払いですか？」

「そういうわけじゃないけど」

講演会の内容を後日配信する予定なのだと設楽は言った。二重三重に面倒な案件だな。

「だから、替え玉絶対ＮＧで」

「誰が見んだよ」

「見ますよ」

基が口を挟んだ。

「『マイ・ドキュメント』の特集も、英語字幕付きで配信したら予想以上に海外からの反響がありました。ニッチではあるかもしれませんが、力のあるコンテンツを積み重ねていくのは大事です。単に過去の番組をアーカイブとして突っ込むだけじゃなくて」

新人らしからぬ堂々とした口ぶりだった。出向組だから本来の所属先でそれなりの実績があるのかもしれないが、経歴を知らないのでうさんくさく思えた。設楽は「いい時代になったね～」と汎用性《はんようせい》の高い（要は雑な）返しをする。

「そんなわけで、広島には美作くんも同行するから。美作、きょうの夜空《あ》いてる？　オンエア終わりだから深夜になっちゃうけど、ちょうど金曜だし打ち合わせ兼ねためしでも」

「めしを兼ねた打ち合わせじゃないんですね、そういうの大好きです。このへんで店探しておきましょうか」

「頼める？　よろしく」

基が去ると、設楽は「『ＧＲＡＰＥ』からの出向だって」と言った。どうせ関連会社か系列局か新聞社あたりだろうと思っていたので、それにはすこし驚いた。なるほど、どうりで記者やディレクター職ではなくコンテンツ事業部に入ってくるわけだ。

「栄もお世話になってるだろ」

「じゃああいつにゴマすったらサブスク死ぬまでタダになんの？」

「すらないくせに……まあ、ありえるかもね。一社員じゃなくて、アジア部門CEOのご子息だから」

米資本の動画配信サービスとこの春から業務提携《ていけい》が始まっていた。もちろん、旭《あさひ》テレビ独自の配信チャンネルは存在するが、プラットフォームとしての規模は比べるべくもない。「GRAPE」はドラマや映画の独自制作で次々にヒットを飛ばし、ここ数年は主要映画賞を獲《と》るのもざらだった。Global、Real、Ageless、Present、Entertainmentで「GRAPE」、ぶどうの房《ふさ》をアイコンにしたアプリのDL数は全世界で二億超にのぼる。なので表向き提携と取《と》り繕《つくろ》ってはいるが、巨大なコンテンツ群のひと粒として取り込まれたに過ぎないというのが実情だ。

「逆にあのお坊ちゃんのご機嫌損《そこ》ねたら倒産か」

思い返せば牧羊犬《ぼくようけん》みたいな印象のやつだった。毛並みがよくてお仕事熱心で、有能さを自覚している。ただでさえ気乗りしない業務にややこしい人材まで絡んでくると思うとうんざりした。

「ない話じゃないね。でも、そういうバカ息子タイプじゃなさそう。こないだ動画で上がってた祭りの特集見た？」

「見た」

昔、栄が作った花火のVと同じで、系列局からかき集めた全国各地のローカルな祭りや儀式を再編集したものが、クールジャパン好きな海外層に当たってだいぶハネたと聞いている。

「元手かかってないし、地方の駐在カメラマンがお天気コーナーの話題のために仕入れたようなものがワールドワイドに利益生むんだから大したもんだ」

「それをあいつがやったって？」

「まあ、どの程度までディレクションしたのか知らないけど、企画立案《りつあん》は彼らしい」

なるほど、と栄はつぶやいた。

「クセのあるVだとは思ってた」

「どういう意味？」

「どこがどうってわけじゃねえけど……ベテランDが狙って微妙に外してきたか、逆に素人《しろうと》が何も知らねえから自由にやれてんのか……そこが引っかかるっちゃ引っかかるし、」

「面白いと言えば面白い？」

「そう」

「俺も同感。年齢考えると後者だろうね」

設楽の笑みに意味深なものを感じたので「何だよ」と言った。

「相馬Pにお褒《ほ》めの言葉をいただくなんてすごいなと思って」

「褒めてはねえだろ、つうかまた使えそうだから一本釣りしようと企《たくら》んでんのか」

「さすがに無理だな。出向なんか長くて二、三年だろ。まあそれはさておき今晩ちゃんと空けといて」

「じゃあその代わり本番はあんたがしゃべれよ」

「まだ言うか」

「ゼネラルP直々《じきじき》のありがたい説法《せっぽう》のほうが喜ばれるだろ」

「お前にきた仕事だよ」

「台本は作ってやるって」

「そういう問題じゃない」

「ギャラは身体で払ってやるから」

「その手口は乱発されると萎《な》えるんだけど、ていうかやめなさいよ職場で」

「めちゃめちゃ嬉しそうな顔だな」

オンエア後に基が指定した店は、安いチェーン系の居酒屋だった。足を踏み入れるなり

「らっしゃーせー！」と店員の声が響く。厨房《ちゅうぼう》で焼き鳥を焼く煙の勢いに換気《かんき》が追いつかないのか店全体がうっすら白く霞《かす》んでみえ、それがきつい照明を妙に幻想的にきらめかせていた。

「こういうところのほうが、却《かえ》って人目を気にせず話ができると思って」

どころか、うるさすぎて世間話にも不自由するレベルだ。

「そんな密談もないけど」

霜《しも》で半透明になったビールジョッキが三つ運ばれてくると、形式だけの乾杯をすませて基は「きょうの放送も面白かったです」と楽しそうにしゃべり出した。

「見てくれてたの？　ありがとう」

「そりゃ見ますよ。仕事とは関係なく、以前から『ザ・ニュース』好きでした」

「それはそれは」

「あ、社交辞令だと思ってますね？　やらせの特集ももちろんでしたけど、ちょっと前にやってた、子どもの頃アメリカに養子に出された日本人女性が自分のルーツを求めて来日するVなんか感動的でしたし、高齢者相手の投資詐欺《さぎ》のニュースも、堅い内容が映画みたいにするする入ってきて、啓発《けいはつ》という観点からも非常に意義深い放送だったと……」

「分かった分かった」

設楽は苦笑して基の熱弁《ねつべん》を遮った。

「優秀なスタッフが揃ってるおかげで、いいものを送り出してる自負はあるよ」

「まずトップが優秀だからじゃないんですか」

安いお世辞ではなく、目の奥にむしろ設楽を試すような図太い光が垣間《かいま》見えた。

「俺は、腕のある人間に動いてもらって自分が楽することしか考えてないけど」

「本当にそういう人なら、もうちょっと上に気に入られてると思いますが」

「おっと、いきなりぶっ込んできたね」

「すいません、酒の席なんで許してください」

設楽がこの程度で機嫌を損ねないと知っての軽口か、それとも反応含めて探っているのか、いずれにしても基はまったく悪びれていない。

「春の改編で、『ザ・ニュース』のコメンテーター一新しようって案が出てたと聞いてます。それを設楽さんが一蹴《いっしゅう》したとも。理由を伺ってもいいですか?」

「変える理由がない」

設楽はあっさり答えた。

「上層部からの変えたいって理由が『U49《アンダー》の視聴者向けにもっと若返りを図《はか》れ』だったから。そんなふんわりした動機で、今まで演者《えんじゃ》と築いてきた財産を手放すなんてばかばかしいし、そもそも若いコメンテーター出せば若いやつが見てくれるだろうって甘い見通しも、U49を馬鹿にしてるよね」

そのあたりの経緯《けいい》はもちろん栄も聞いているが、ほぼ初対面の、新入社員と大差ない若造に正直に打ち明けたことが意外だった。いつもみたいに煙《けむ》に巻かないのかよ。

「なるほど」

基は串盛《くしも》りから牛タンを選ぶと、設楽の言葉を肉と一緒に噛み締めるように頷きながら食べていた。

「今や世帯視聴率よりU49の数字が断然重要だって、僕もテレビ局にお邪魔して初めて知りました。高齢者ばっかりが見て二十%獲るより、若者が見て十%のほうがスポンサーがつきやすい……でもそういうの、外向けには言いませんよね。昔ながらの視聴率文化にこだわってる。一般家庭にビデオデッキが普及した段階で『リアルタイムで見ている人間』の数に大した意味はなくなってるのに」

「録画率になんて触れたら、それこそスポンサーがいなくなるよ」

なぜなら、皆CMを飛ばすから。

「そう、やらせに限らず、テレビは嘘や縛りが多くて窮屈《きゅうくつ》で、頭の固い年寄りが既得権益《きとくけんえき》にしがみついて幅《はば》を利かせる斜陽《しゃよう》産業――というのが数カ月働いて感じた正直なところです。記者会見の類《たぐい》はほぼマスコミの仕切りで開いてますけど、それだって恣意的《しいてき》に切り取られないノーカットの配信が支持されてる」

「お前はさっきから何が言いたいんだよ」

栄は初めて口を開いた。

「ご高説《こうせつ》はレポートにして『GRAPE』に送ってりゃいいだろ、仕事の話しねえんなら帰るぞ」

　腰を浮かせかけると「否定はされないんですね」と言われた。

「事実だろ、それがどうした、別に今さらドヤるほどの目新しい視点でもねえだろうが。そんなご意見百回ぐらい聞いたわ」

「じゃあ仕事の話をしますね」

　基は臆《おく》さず栄を見る。

「設楽さんも相馬さんも、『GRAPE』で働く気はありませんか？　——と言いたかったんです、僕は」

「は？」

　中腰のまま固まった栄の手首を「座って」と設楽が引いた。

「予算も潤沢《じゅんたく》ですし、テレビ、特に地上波みたいな制約もなくて、もちろん報酬《ほうしゅう》の面でも今より下がるってことはありません」

「……何だお前」

　あまりのふてぶてしさに笑えてきた。

「ヘッドハンティングするつもりで出向してきたのかよ」

「違います。ただ、一緒に働きたいと思える人材を見つけたらどんどん声をかけていいとは言われています。職業選択は自由ですよね」

庇《ひさし》を貸して母屋《おもや》を取られる、とはいうが、この場合庇を借りているのもこちら側なのでどうなのか。

「俺たち、そんなにテレビに不満がありそうに見えるのかな」

設楽が尋ねる。

「いいえ。もっと広い市場規模でどんな仕事をするのか見てみたいと勝手に僕が思っただけです。お返事はいつでもいいですし、この件を口外《こうがい》してくださっても問題ありません」

引き抜き工作が広まっても立場がまずくなることはないと自信を持っているらしかった。

「さて」と基は笑顔で話題を切り替える。

「講演会の件に移りましょうか。先方の希望は九月頃ということですが……」

そこからは余計な話を一切挟まず、事務的なやり取りに終始《しゅうし》し、解散となった。出会い頭《がしら》に直球を投げて後は静観《せいかん》、駆け引きのつもりか。


肌に浮いた汗が引くころ、その代わりのように雨が降り出してきていた。さあ……と真夜中の静けさを妨《さまた》げない音は、没頭《ぼっとう》している最中ならまず気づかなかっただろう。

「まさかこっちが一本釣りされるとはね」

「知ってたのか？」

「いや、俺もびっくりした。まあ業界全体で最近よく聞く話だよね。中堅《ちゅうけん》どころの、言ったら働き盛りのディレクターがどんどんネットのほうに引っこ抜かれてるって。条件がいいってのは嘘じゃないんだろう。社会派のドキュメンなんかド深夜か日曜昼ぐらいしか枠もらえないけど、配信は自由だから」

ベッドサイドの明かりが寝室の一角をくすんだオレンジに染める。シャワーを浴びに起き上がりたいが、まだ指先まで気怠《けだる》くて動けない。

「どうする？」

「誘いに乗るかって？　分かりきってること訊くなよ。俺が入社する時点で右肩下がりは明白《めいはく》だったんだから、今さらあんな寝言でその気になるか」

将来性や安定を頼みに選んだ会社でもないし、忠誠心は皆無《かいむ》だがあんなお坊ちゃんにファームみたいな扱いをされるとさすがに胸くそ悪い。

「俺の時は、まだＩＴ革命って言葉が生きてたかな。『これからはネットの時代だ』って誰もがバカのひとつ覚えみたいに言ってた。二十年前ってもはや大昔だねえ」

ふと疑問が湧いた。

「あんたは何でテレビだった？」

「特に何でってことはないかな」

うつ伏せる栄の背中に指先を遊ばせながら答える。

「諸条件を比較して決めただけで、特別な情熱や希望は何も……結果、退屈だけはしない日々でまあよかったけど。栄は？」

「だいたい一緒――ってことでいいや」

「お前にも会えたしね」

「そこは一緒にすんなよ」


目覚めた時には小さな窓の外が真っ白にけぶっていた。束《たば》になった雨の糸はもはや巨大な灰色の幕のように見える。時々風向きが変わると、無数の水のつぶてが窓に襲いかかり、新幹線の走行音をかき消すほど騒がしくなった。

「相馬さん、もうすぐ着きます」

通路側の席から基が話しかけてくる。街並みは残らず雨のフィルターの向こうで、うたた寝していたせいもあって広島にきた実感がまるでない、と思えば、駅のすぐ近くにあるスタジアムが見て取れた。ホームの階段を降りるとやけに混み合っていて、金曜昼間のＪＲ広島駅が普段どれほどの混雑か知らないが、不安げに電光掲示板を見上げる人間が目立つので平時《へいじ》と違うことは一目瞭然《いちもくりょうぜん》だった。

「新幹線、結構乱れてますね。遅れ、運休……」

「ぎりぎりセーフだな」

「山陽《さんよう》本線は今のところ大丈夫みたいです」

講演会はあす、きょうは昼間に打ち合わせと軽いリハを兼ねてピーステレビに行く予定だった。

「駅からちょっと歩くから、並ぶの覚悟してもタクシーのほうがいいかもしれない——電話だ、ちょっと失礼」

設楽が背中を向けて携帯を取り出す。

「はい、設楽です——ご無沙汰《ぶさた》してます。ちょうど今着きまして、そちらに向かおうかと……え？　……はい、はい……分かりました、我々にできることなら」

通話を切って向き直ると「タクシーに乗ろう」と乗り換え口ではなく出口を指さした。

「で、ユニクロかどこか適当な店寄ってもしものための着替えを調達《ちょうたつ》する。一泊ぶんしかないだろ？」

話しながらさっさと歩き出した背中を基が「どういうことですか」と追いかける。

「さっきの電話、誰からですか？」

「ピーステレビの社長。雨の勢いが予想以上らしい。しばらく帰れないかもしれない」

「飛行機もですか？」

「物理的な手段の問題じゃないんだ」

振り向かないまま設楽は答えた。

「地方局だから、大きな災害が起こった時の人員が足りない。すでにあちこちに取材班を出してて、それが本社に戻って来られない可能性もある。だからヘルプの要請《ようせい》がきた——あ、あと、講演会は中止」

何がぎりぎりセーフだよ、と思った。一時間でも遅い新幹線だったら辿《たど》り着けなくて、余計な仕事に駆り出されずにすんだのに。

「ヘルプって……」

「ほんと厄病神《やくびょうがみ》だな」

基は困惑して栄を見やったが、無視して歩みを早め設楽の横に並んだ。

「え、俺？」

「ほかに誰がいるよ」

「お前かも」

「俺は単なるトラブルメーカーだよ」

「わあ、自覚あるんだ。でも納得いかないな、よしじゃんけんで決めよう」

「アホか」

ピーステレビのある白島《はくしま》まで、本来ならおそらく車で十分程度だろうが、待ち時間と寄り道、ワイパーフル稼働《かどう》でも悪い視界とじゃばじゃば道路を流れる雨水のせいで一時間以上かかった。受付で待っていると白髪頭の男が何人かを引き連れて現れ、警備員が急にぴっと姿勢を正したのでこれが我孫子社長だろうなとすぐに分かった。

「設楽！」

「お久しぶりです、出世されましたね」

「お前こそだよ」

嬉しそうに設楽の肩を叩く。日本全国左遷《させん》の旅で遭遇してきた中では相性がよかったのかもしれない。設楽は大概《たいがい》の目上に毛嫌いされるらしいが、熱烈に支持する少数派も確実に存在するので結果釣り合いは取れている。

「せっかく来てもらったのにこんなタイミングですまん」

「いえ、お役に立てることがあるなら」

「状況によっちゃ週明けも頼りにするかもしれんが、『ザ・ニュース』のほうは大丈夫なのか」

「まあ、電話やメールで連絡は取れますし、何とかするんじゃないですか」

「相変わらずだな！」

他人事《ひとごと》のような設楽の答えを聞いて、我孫子はますます破顔《はがん》した。相変わらずじゃまずいだろ。

「じゃあちょっと話を……喫茶の個室、取れるか?」

秘書らしきお供が「確認します」と頷くのに、栄は待ったをかけた。

「時間の無駄だ、茶を飲みに来たんじゃない。すぐに報道フロアとウェザールームに行きたい。夕方ニュースまで時間がない。それから、ある程度の裁量と指揮権はくれ。いちいち顔色窺って動いてられない。縄張り意識は捨ててもらう」

「……分かった。ありがとう、感謝する」

ずっと報道だっただけあって、栄の希望はすぐに通じた。エレベーターを待っている間、基が「僕、できることありますか」と設楽に小声で尋ねる。

「テレビの現場の仕事、何も知らないんですが」

「論《ろん》より実践も楽しいと思うよ。正直、俺も栄も美作のフォローするような余裕はなさそうだから、まあ第一に邪魔にならないように。人の動きに注意してればやることはいくらでも見つかる。おそらくパシリや雑用が大半だけど、それがいやなら今のうちにホテルに戻って東京に帰る予定を立ててくれて構わない」

「何でもやりますよ」

基はすこしむっとしたように答えた。

「不満じゃなくて不安なだけです、お役に立てるのかって……」

「そりゃ、きみ次第」

設楽は値踏みする視線を隠そうともせず、基を怯《ひる》ませた。他人を勝手に査定《さてい》する人間はやり返されても文句を言うなよ、という言外の意図がびしびし伝わってくる。まじで性格悪いな。しかし子守りなどしている余裕がないのは事実なのでスイッチを切り替えて仕事に向かう。すくなくとも講演会よりは不本意じゃない。

旭テレビの半分以下の広さの報道フロアで、社長直々《じきじき》に「東京から応援が来てくれた」と言われた現場メンバーは困惑を隠しきれない反応だったが、設楽を知っているスタッフも何人かいたのでそこは話が早そうだった。かたちばかりの顔合わせを終えるとウェザールームに行き、警報や気象データを確認する。一時間当たりの降水量は八十ミリを超え、土砂災害警戒情報も県内のあちこちに出されていた。

「夕方ニュースの構成って、ほぼ東京をネットしてんだっけ」

「いや、今はだいぶネットゾーン圧縮されて五時前から七時まで、ほぼ自社制作に変わってる」

「好都合だな」

東京でのニュースバリューに左右されず、ローカルの情報をばんばん流せる。局地的な災害時にはそのほうがいい。

「夕方ニュースの構成は？」

「芸能スポーツは尺《しゃく》減らしてニュースとお天気を合体して枠大《わくだい》。あと、全国ネットの時間もJ

R広島駅前から中継予定、らしい」

「じゃあ俺は天気のヘルプに入るからあんた副調整室《サブ》で全体見つつ中継連絡だな。『ザ・ニュース』のぶんも段取り詰めといて」

「了解、それで行こう。皆には話しとく」

さっそく動こうとすると基が「あの」と片手を上げた。

「僕、コンビニで食料買って来ましょうか。この雨だと出前も無理ですし」

「ああ、AD捕まえて足りないものも聞いといて。あと、雨に気をつけて」

「はい」

何でもやります、と宣言したのは嘘じゃないようだ。駆け出していく背中を見送って設楽が「へんなプライドがないのはいいね」と言った。

「こんな非常時のアウェイに放り込まれても前向きだ。後で災害受信端末《たんまつ》の使い方ぐらい教えてやれば？　すぐ覚えるだろ」

「副調整室にマニュアルあるだろうから読んどけって言っとく」

この大雨だ、枠はどれだけあっても余るということはない。県内各地の中継リレーの段取り、ウェザーからどの情報を流すか。雨雲レーダー、積算雨量《せきさんうりょう》、予想雨量、各種の警報に避難所開設の状況。随時更新しながら、繰り返し同じニュースを伝える。傘があってもずぶ濡れで戻ってきた基が「川の水、すごいことになってます」と言っていた。そうだ、国交省の河川《かせん》カメラも掴んでおかなければ。

何しろ人がいない。ただでさえ人員が手厚いとはいえない地方局、しかも今は中継で各地にクルーが出払っている。東京にいる時のように声を上げれば誰かしらがさっと反応するというわけにはいかなかった。ウェザーとスタジオ、スタジオと報道フロア、報道フロアとウェザーを栄は久しぶりに駆けずり回った。アナログ極まりないが、内線であれこれ指示を出すより直接言いに行ったほうが話が早い。毎日一緒に仕事をしているメンバーと違って、一から十まで説明しなければ齟齬《そご》が生じる可能性があるというのはなかなかストレスだった。作り手全員の呼吸が一致する現場はそう簡単に組み立てられない。しかも緊急事態で全員が緊張し、浮き足立っている。

走りながら、一歩先の道を整備する。ルートの全体像を常に頭に描き、誰かが逸《そ》れそうになったら修正する。いちばん大切なのは、オンエアが「目的」にならないこと。視聴者に必要な情報を、まだ気づいていない視聴者には注意喚起《かんき》を。届いてるか、充分か、ひとりでも多くがこれを見ようと思うか。自問に納得いく答えなど返ってこない。確かなのは、設楽の頭にも常に同じ問いが響いている、それを疑う必要はないということ。

七時までのオンエアはまさに嵐のごとく過ぎ去っていったが、まだまだ気は抜けない。気象庁が七時半から緊急記者会見を開く予定だった。おそらく、大雨特別警報が発表されることになるのだろう。

「会見って、こっちで流さないんですか」

基が尋ねる。

「うちはL字と速報での対応、夜のニュースではもちろん映像流すけど」

つまり、画面上を仕切って本来の番組を流しつつ、大雨に関する情報も並行《へいこう》してアップデートされるというやかましい構成になる。

「でもNHKは生でやりますよね」

「かもしれないけど、CMがない公共放送の編成をそう簡単にまねできない。こんな時のための配信だろ?」

「それはそうですけど……」

融通《ゆうずう》きかないな、と文句を言っている。栄もL字のごちゃついた画面は嫌いだが、こればっかりは仕方がない。全国ネットの大元は東京の旭テレビで、広島の大雨は東京からすれば「遠くの出来事」という判断になる。

「でも、あしたの午前中に緊急特番組むよう我孫子さんから指示があった。細かい構成は夜が明けての被害状況見て組み立てることになると思うけど、きょうの素材も使うと思うから、できる準備しといて。あ、中継班は安全な場所でひと晩待機でお願いします」

人的被害、土砂崩れや交通網への打撃は、あすになって分かってくるだろう。栄は自分の頭を整理するため設楽に話しかける。

「まずは気象庁の会見チェックして夜ニュースでの使いどころを決めるだろ、Vは？」

「こっちで使った素材と原稿送ってるから、あとはお任せ。中継は、安芸《あき》区の避難所から。記者の立ちリポで、夜遅いし建物の中は映さない。今回の秋雨前線《あきさめ》のメカニズムと今後の雨の予想についてスタジオで受ける」

「朝ニュースは？」

「五時二十五分から、こっちは全国ネットをまんま取ってる。中継は二……三回かな？　現場の記者も疲れてるだろう、なるべく連続して出させないように割り振ろう」

「東京からヘリは？」

「あすの午前中には大きな雨雲が抜けるみたいだから、それに向けてお願いはしてる。美作、俺たちにがっつりつき合う必要ないんで、適宜《てきぎ》仮眠取るように。仮眠室もそんなに空きがないけど空いたソファ見つけて」

え、と基は顔をしかめた。

「こんな不規則な職場で、休息取る場所もろくに確保されてないんですか」

「そりゃまあ、『GRAPE』みたいに、だだっ広いリフレッシュエリアでハンモックもYog・iboも選び放題ってわけにはいかないよね」

「僕は別に自分がぜいたく言ってるとは思わないです。労働環境を整えないと効率が下がって結局損じゃないですか、必要な福利厚生《ふくりこうせい》ですよ」

「じゃあさっさと買収《ばいしゅう》してお前が整えろや」

いらつきがだいぶ高まっていたのでつい口に出してしまった。それで黙るかと思いきや「相馬さんって大人げないんじゃないですか」と堂々と反論してきた。

「あ？」

「仕事ちゃんとしてるからコミュニケーションの部分はおろそかにしていいとか、そういうのもう古いですよ」

「てめえは流行《はや》りすたりで性格変えんのか？　すげーな。現状AD未満の貢献《こうけん》しかしてねえ奴が物申してくんじゃねえよ」

「まーまー、喧嘩する体力がもったいないよ。会見始まるまで十分間休憩しようか。栄、ちょっと来てくれる？」

と、別フロアまで連れて行かれたのでよっぽど大事な業務連絡かと思いきや、何のことはない喫煙所だった。

「きょうは特別に」

新品の煙草の封を切って咥《くわ》えさせてくる。基に頼んでいたのだろうか、抜け目ないことだ。

そういや、持ってこなかったな。

「この重労働、ヤニですませようって？」

「お前に倣《なら》って、のちのち身体で払うよ」

「言うと思った」

ライターの火を挟んで視線が交わる。設楽の瞳はまだ疲れを見せずいきいきとしていた。設楽から見た栄もそうなのかもしれない。フル回転させた脳みそにニコチンが染み渡る感覚は、有害だと分かっているからこそ効く。深く息を吸って吐くと、赤い火が点《とも》る煙草を設楽の口に差し込んだ。

「あいつのこと結構気に入ってんだろ」

今度は設楽が煙を吐き出し、また煙草が戻ってくる。

「何も知らないってのはいっそ痛快だなと思って。相馬栄に向かって『ちゃんとしてる』とは」

くゆる煙の向こうでうっすらと笑う顔。

「この数時間で成長しただろ、災害端末もテロップの発注もスタジオでのプロンプ出しもマスターした。何より、負けん気が強いのがいい」

「悪趣味」

「自分では、人を見る目だけで生き延びてきたと思ってるんだけど」

「利用する手腕《しゅわん》の間違いだろ」

交代で煙草を吹かしながら話しているとあっという間に短くなる。火傷《やけど》しそうなぎりぎりまで燃え尽きたそれを吸殻《すいがら》入れに放り込み、設楽は大きく伸びをした。

「さ、あとひと頑張り……ふたつ、みっつぐらいはかかるかな」

「それでも月曜までには帰るだろ、オンエアあるし」

Pが揃って何日も番組を空けるわけには行かないし、人繰《ひとぐ》りはそっちで何とかしてくれ、と言うしかない。

「そうだね、警報出るのはこれからだけど、最小限の被害ですむよう祈ろう」

「神頼みなんて似合わねえぞ」

「やれる手を尽くしたらほかに残ってないだろ?」

手に余る事態に直面した時、やれる手を尽くした、と言い切れる人間がどれほどいるのか。設楽は栄のオーバーワークに度々《たびたび》苦言《くげん》を呈《てい》するが、あんたのほうがよっぽどだよ、と思う。

「そんなにもの言いたげに見るなよ」

冗談めかす男が腹立たしくなり、腕を掴んで引き寄せた。喫煙所はガラス戸だが、膝のあたりまで白いスモーク加工をされているので外から見られる心配はない。苦《にが》い舌を絡《から》ませ合いながら目を閉じると、窓越しに雨音が届いてくる。えげつない降りだな。

台風も地震も、天災は恐ろしい。でも、雨が止《や》まない、ということの、背筋を氷がじわじわ這い上ってくるような恐怖は独特だ。すこしずつ呼吸を奪われる気がする。この時間だと下手《へた》に外に出るほうが危険だから、屋内でなるべく高い場所にいるしかない。垂直避難の呼びかけをもっとくどいほど繰り返すべきだっただろうか。やわらかくまさぐられながら、思考は溶けそうにない。

「……そろそろ行かないとね」

束《つか》の間《ま》の接触をほどき、設楽は親指の腹で唇と頬を軽く撫でた。

「おかげさまで五％ぐらいチャージできた気がする」

「全然じゃねえか」

「俺が必要とする福利厚生にはほど遠いかな……お、警報出たな。速報メールきてる」

報道フロアに戻ると、なぜか基がスマホを構えていた。

「ここでいちばん暇なのは僕ですから、せめて記録しとこうと思いまして。外に出すかどうかは置いといて、社内向けの災害マニュアルとして使えるでしょう」

「ああ、いいんじゃない」

設楽は鷹揚《おうよう》に頷いた。

「スマホだと不安定で見づらいから、空《あ》いてるハンディ借りれば？」

「ビデオカメラ持ったことないんですけど」

「すぐ慣れるよ」

そうこうしているうち、不揃いな花束みたいににょきにょき生《は》えたマイクの前に、作業服姿の気象庁職員が現れる。

――先ほど、広島、岡山、鳥取、三県の一部地域に大雨特別警報を発表しました。これまでに経験したことがないような大雨となっています。土砂崩れや浸水《しんすい》による重大な災害がすでに発生していてもおかしくない状態です……。

そこまでは折り込みずみで、特に驚きを見せる者はいなかった。「すいません‼」という切《せっ》羽詰《ぱつ》まった声が、足音とともに飛び込んでくるまでは。

「主調整室《マスター》からアラートです……停電です」

「は？」

「どういう意味？」

栄も、意味を呑み込むのに一瞬を要した。停電って、こうして照明はついてる、テレビもついてる、パソコンも――そして意味を理解した瞬間、ぶわっと背中一面に鳥肌が立った。テレビ局が停電するということは。

放送を二十四時間監視する、普段は限られた人間しか出入りできない主調整室に駆け込むと、そこにはSF映画さながらのモニターと端末がずらりと並んでいる。その一角でパトランプのような赤い灯が点滅し、電光板には「電源設備　停電」とこれも赤く表示されていた。

「え、あの、どういうことですか？」

基の間抜けな問いが響く。

「電波塔がトラブって電波を送れなくなってるってこと。詳しく説明してる暇はない。……広島局って柄下山《えげさん》でしたよね？　とりあえず現地に行って確認してきます。車両が出払ってるんなら至急タクシーを回してください。中電《ちゅうでん》と、他局への連絡はお任せします。美作は俺に同行、力仕事があるかもしれないから」

矢継《やつ》ぎ早《ばや》に指示を出してから栄を見て「あと、頼んだ」と有無《うむ》を言わせぬ口調で言う。設楽が立候補したのは、人員が手薄な局内に、編集もオンエアもこなせる栄を置いたほうが安全という至って合理的な理由だと理解はできるが、ずるいんだよ、と思った。勝手に託《たく》して勝手に行ってしまうのが。こういう時の瞬発力で負ける自分も腹立たしい。

設楽が飛び出して行ったのが午後八時頃、電話とＬＩＮＥでやり取りしながら「ザ・ニュース」の準備をし、オンエアが終わっても帰ってこなかった。

「柄下山までってどんくらいかかる？」

そこらへんにいたスタッフに訊いてみると「おそらく、小一時間もあれば」と返ってきた。

「僕も、実際現地に行ったことないんで詳しくは分からないんですけど……柄下山自体も、ふもとから山頂まで徒歩一時間ってところですね。天気と道路さえ普通ならそんなに大変じゃないはずです」

その双方が、今は異常事態に陥《おちい》っている。現状確認さえできずにＵターンしてくる可能性が高いな、と思った。柄下山中の電波塔はＮＨＫ含む在広《ざいこう》の五局が共同運用していて、一般家庭や中継局にデジタル放送の電波を送信している。そのための電力供給が電力会社から途絶え、今は非常用発電に切り替わっているが、おそらく持ち堪《こた》えられるのは数日だろう。中電に問い合わせたスタッフによると「どこかで送電線にトラブルが起きているとみられます」という回答だったらしい。当たり前だ、でも今も市内だけで数百軒の停電が発生していて、とても詳細を調査できる状況ではなさそうだ。どうする——たって、どうしようもねえな。椅子の背もたれを限界まで倒して天井を仰《あお》ぐ。まぶしい。外からだと、この社屋は闇と雨音の中で浮かんでいるように見えるかもしれない。送電線の工事なんて専門外で、手を尽くしたくても尽くせない。

設楽が戻ってきたのは、午前一時を過ぎてからだった。

「道路が大混乱してて、渋滞で無理だった。山までもたどり着けてない。他局と相談して、朝になってまたアタックするって話になった。六時頃出る。それは美作に任せる。行けるか？」

「はい」

基の返事もさすがにはつらつとはいかず、だいぶ疲労の色が濃い。広島に着いてまだ半日、こんなめまぐるしい事態に巻き込まれるなんて想像もできなかった。それでも元気ですよと意地を張る基をソファに追いやってから交代でシャワー室に行き、朝に向けた準備を始める。すべてを解決できなくとも、まだ、できることは残っている。山積みのタスクにむしろ安心していたのは設楽も同じだろうか。

短い仮眠を経《へ》て基が再び柄下山に出発し、突貫《とっかん》で何とかかたちにした特番が流れ、昼頃ようやく雨は小止《おや》みになっていたが、この一夜の爪痕《つめあと》が次々あらわになり、何ひとつ好転したとは思えなかった。県内至るところで土砂崩れ、交通網は寸断されて系列局からの応援部隊もすぐには到着できない。刻々と更新される避難状況やインフラの復旧度合いの確認に追われまくっているうちに、基からLINEで報告が届いた。

『電波塔と局舎は無事でしたが、電柱が土砂に埋まってました。現場は膝までぬかるんで車両も入れませんでしたので、三キロほど徒歩になります』

かなりな道のりだったらしく、ほぼ泥《どろ》に埋め尽くされた市道や倒木《とうぼく》の写真が何枚か添付されていた。

「いやー、若者がいてくれてよかった」

設楽が危機感のない口調で洩らす。

「ゆうべこの山道まで行けてたとしても、俺が途中で遭難確実」

「で？」と栄は促《うなが》した。

「ん？」

「どうすんだよこれから」

「まあ、電波塔と建物が生きてただけでぎりぎりセーフと思うしかないな。どうなるんだろうねこれから」

こんな時なのにふっと笑うから「何だよ」と咎《とが》めると「きのうの気象庁の会見思い出して」と弁解する。

「経験したことのないような……ってまさに今、だよ」

「その割に余裕だな」

「俺には相馬栄がついてるからね」

「突っ込む気も起きねえ」

「とりあえず、在広民放四局、ＮＨＫに集合ってことで、我孫子さんに呼ばれてるから俺も行くよ。戻り次第こっちでもミーティングするから、内容はその時に報告する」

設楽が出かけてから、床の隅っこに新聞紙を広げて丸まった。まだ頭のモーターがぐるぐる回転していて眠気を感じないが、だからこそ今のうちにクールダウンさせておかなければどこかでオーバーヒートしそうだ。目を閉じると、行き交う足音がよく響く。大丈夫だ、ちゃんと聞こえてる。どこもふさがれてはいない、目覚めたらまた走り出せる。

俺には設楽宗介《そうすけ》がついてる。


頭部に不快な衝撃が走って浅い眠りから覚めた。まぶたを開くと真上に基の顔がある。

「すっ、すいません！　こんなところに頭が転がってるとは思わず……」

こいつ蹴《け》りやがったな。上体を起こして睨《にら》みつけたが、どろどろのゴム長と、汗でしんなりした髪の毛を見ると怒る気も失せて自分の頭の泥を払う。右も左も分からない状態で畑違いの現場行かされて、俺ならとうにばっくれてる。

「ソファ空いてますよ、そんなホームレスみたいな寝方しなくても」

ひと言多いんだよ。

「ほっとけ、熟睡したくねえからここでいいんだ」

「設楽さんはどちらに行かれたんですか」

「呼び出しかかってＮＨＫで会議」

「え、わざわざ集まる意味が分からない」

テレビ会議にすれば大勢が参加できるし記録にも残せて便利なのに、とまあごもっともな言い分で怒っていた。

「何でテレビってへんなとこでアナログなんですか?」

「上にいるのがじじいばっかだからだろ」

半端《はんぱ》にこびりついた眠気をこそげ取るため自販機に向かうとなぜか基もついてきて「古いものが何でもかんでも悪いなんて思ってないですよ」と謎の言い訳を始める。

「きょう、車の中でディレクターさんが『ベーカム』って言ってて、何のことか分からなくて訊いたんです。そしたらビデオテープの規格のβ《ベータ》カムのことだって教えてくれました。家庭用としてはＶＨＳに完敗《かんぱい》したけど、性能がいいから業務用はβが生き残ったって……」

無糖のコーヒーが売り切れだったので（業者も補充に来られないのかもしれない）、カロリーメイトの飲料を選んだ。

「そういう話は、何か、すごくじんとします」

「ベーカムももう使ってねえよ」

テープをデッキにかけるのではなく、データをサーバーにアップして放送するシステムになった。もちろんテープに吐き出してやり取りする場合もあるが、ベーカムよりコンパクトで大容量のメディアはいくらでもある。今となってはばかでかいとすら思える弁当箱みたいなテープに、そういえばもう長いこと触っていない。財布の小銭がまだ余っていたのでポカリも買って基に投げ渡すと慌てて両手でキャッチし、戸惑いを浮かべつつ「ありがとうございます」と言った。そして、戻る栄の後をまたついてくるのだった。ゴム長の靴底をぎゅっぽぎゅっぽと鳴らしながら。

「いつまでそれ履《は》いてんだ、泥まき散らしてんぞ」

「あ、そうですね、すいません……あの！」

「まだ何かあんのか」

「『マイ・ドキュメント』の特集、俺はほんとに好きで……嘘も言い訳もなくて、潔《いさぎよ》くて、見終わった後、自分も頑張らなきゃって思いました。何をっていうわけでもなく、とにかく頑張ろうって、漠然と力もらった感じが、その――」

立ち止まって振り返ると、五〇〇ミリのペットボトルを生き物みたいに胸に抱えていた。

「――……こんなのを作れるのはどんな人だろうって考えてました。もし、一緒に仕事できる機会があったらいろんな話をしてみたかったんです」

「それがベーカム？」

と訊くと、なぜか気恥ずかしそうにうつむいた。

「いえ、もっとほかにあったはずなんですけど……こんな人だとは思わなかったせいもあって諸々《もろもろ》のデータが飛んだ感じです」

「そりゃよかった」

「あっ、そういうとこです。でも、思ってたのと全然違ってて嬉しい気持ちもあります。俺なんかの予想どおりにいかないほうが面白い」

何が嬉しいんだかおかしいんだか、基は笑った。この元気があるならまだまだこき使えそうだ。


設楽が戻ってくると、小規模な会議室でミーティングが行われた。一緒にいた、技術や報道の管理職の顔は一様に険《けわ》しく、いいニュースがないのは明らかだった。

「皆さんお忙しいので手短に。出られないスタッフのためには資料を作ります。美作、議事録作成を」

「はい」

「じゃあ、技術局長から説明を……」

設楽からバトンを渡された技術局長が「すでにご存知のとおり、電波塔のある広島局が停電しております」と切り出す。

「現在、非常用の発電機が稼働している状態ですが、メーカーによると耐久性《たいきゅうせい》は十日程度、しかも実際に長時間の運用をしたことがなく、どの程度保《も》つかは未知数です。さらに、非常用の発電燃料は五日ぶん。これも正確に保障されているわけではありません」

要するに、と一旦言葉を切り、重々しく吐き出した。

「このどちらかでもダウンすると放送用電波が停止——県内一二〇万世帯で地上波のテレビが映らなくなります。どのチャンネルでも、です」

一二〇万、という数字と、あまりの異常事態に会議室が静まり返った。基がキーボードを打つ音だけが淀《よど》みなく響き渡る。

「考えられる対策は?」と栄が尋ねる。

「中電に復旧《ふっきゅう》作業を急いでもらうしかない、ただその前にまず道路を何とかせんと現場に行くこともできない。県と中電に要望を出す、これがひとつ。同時に、代替《だいたい》の発電機と燃料をヘリで運搬する手段を講《こう》じる。発電機は三tあるから、これを運べるヘリを手配するのもすぐというわけにいかないが……」

「自衛隊は?」

それには設楽が答えた。

「五局連名で総務省通じて防衛省にお願いはしてみるが望み薄だと思ったほうがいい。今も各地で救出活動の真っ最中だから。復旧支援の一環とはいえテレビ局の機材を運ぶために自衛隊を動かすのは難色《なんしょく》を示されるだろう」

「いずれにしても民生機《みんせいき》の選定含め、さまざまな行程を各局で役割分担し、情報共有しつつ復旧にあたります。現場の皆さんはこれまでどおり、取材とオンエアに注力してください。進捗《しんちょく》があればまたお伝えします。それでは――」

「待ってください」

異議を唱《とな》えたのは記録係の基だった。

「うまくいかなければ数日後に一斉に停波《ていは》するってことですよね。それは、視聴者にあらかじめ周知《しゅうち》しなくていいんですか？」

「しない」

技術局長は即座に否定する。

「停波なんて事態に陥らないよう最善を尽くす。まだ二次災害の恐れがある段階で視聴者をいたずらに混乱させたくない」

「最善を尽くして停波を免《まぬが》れる見込みってどのくらいですか？ 誰にも分かりませんよね。さっきまで普通に見てたテレビがいきなり真っ暗になったらそれこそ大混乱ですよ。きちんと説明すべきだと思います」

「駄目だ、さっきの五局合同会議でそう決まった。この件に関して社外では一切他言無用でお願いします」

絶対だ、と念を押されてもまだ承服《しょうふく》しかねるのか「相馬さんはどう思いますか」と振ってきた。何だよめんどくせえな。栄は「異議なし」と答えた。

「……どうしてですか」

「どうしても何も、マスコミってのは偽装《ぎそう》と隠蔽《いんぺい》に走るものと決まってるだろうが」

「ええ……」

引きながらもタイピングの手を休めない基に、設楽が「今の発言は削除」と命じる。ほら、さっそくだろ。

「美作の言いたいことは分かるよ。事前に告知したほうがいい、ただそれは代替のツールを得られる場合の話だろう。ケーブルテレビで十四万世帯、ラジオやBSを足したところで地上波のカバーは到底《とうてい》不可能、どうする？」

「それは、やっぱりSNSとかで情報の拡散を」

「日本におけるスマホの普及率は？」

「……六割ぐらいだったと思います」

「そう。地方や高齢者になるともっともっと低いだろう。そして高齢者の多くは『災害弱者』と呼ばれる人たちでもある。今こうしてる間にも、家の中や避難所でテレビが流す情報を頼りにしてくれているかもしれない。だから、絶対にその糸を切るわけにはいかない。……頑張ろう」

「はい」

完全に納得したわけではないだろうが、基は一応頷いて「議事録清書してLINEで送ります」と出て行った。

「では解散、あ、鍵は僕が施錠《せじょう》して警備に返しときますね、AD も皆さん忙しいでしょうし」

ていよく人払いしつつ目配せを送ってくるので、栄は席を立たずに居残った。ふたりだけになってから「何だよ」と言う。

「いや、いつの間に美作と和解したのかと思って」

「全然」

「でも栄の意見を聞きたがってた」

「知らねえ」

ポカリ一本で懐《なつ》いたのなら、お坊ちゃんの割に安上がりだ。

「あんたこそ、あいつが抗議してる時楽しそうだったな。そんなに歯向かわれたいか」

「ちゃんと自分の頭で考えてるやつが好きなんだよ。……で、もうちょっと滞在延びそうだね。土日のうちに解決するとは思えない」

「自分の番組はどうすんだ」

「金曜は回ったんだから、まあ大丈夫でしょ。こっちにいても諸々チェックできるのは分かったし」

そう、テープレスのおかげでサーバーにアクセスすれば東京のVTRも原稿もテロップも見られる。

「乗りかかった船、どうせなら最後まで見届けようよ」

祈ることしかできなくなるまでは。

日曜日
・ヘリ手配（日本に数機しかないうちの一台とのこと）
・離発着場《りはっちゃく》、臨時へリポート選定
・燃料は二〇〇ℓドラム缶×48、移送ポンプ、リース発電機
・中電が現地調査へ→まだ土砂崩れの危険あり、途中でストップ
・広島県危機管理課に補修の陳情《ちんじょう》
・きょうは記者リポを経験。人手が足りないとのことで、東広島市の浸水被害地帯。ツナギの雨具を借り、太ももぐらいのところに入ってスタンバイするも、相馬Pより叱責《しっせき》（※強く）。人が死ねる深さなのに安全確認もなく軽率《けいそつ》な行動を取るな、とのこと。なるべく具体的なビ

ジュアルで分かってもらおうとすることしか考えておらず、反省。「バカがまねしてトラブった時の面倒はネットの比じゃない」とも言われる。それはそうだと思う。でも怒りすぎじゃないか？　と思った

月曜日
・広島県危機管理課、ならびに広島市道路課が柄下山《えげさん》登山道の復旧（最低限の応急処置）
・中電が現場入り、残っていた電線をつなぎ直し、六時間がかりで電源の仮復旧にまで漕《こ》ぎ着ける→これも応急処置なので、リース発電機の設置方針は変わらず
・ハンディカメラにも慣れてきた。スマホ越しに見るのと全然感じが違う。そして、同じ位置にいてもカメラマンが回したものと自分の動画には明らかな差があった。プロの画《え》と比べるとぼやけているというか、決め手にかける。同じ分量の材料や調味料を使っても料理の味は同じにならないのと似ている（気がする）。難しいけれど、楽しい
・あすの作業→水曜日のヘリ作業に向け、燃料や発電機、機材等を臨時ヘリポートに搬入《はんにゅう》
※周辺住民（約三十世帯）には戸別《こべつ》訪問し挨拶《あいさつ》、不在時は文書を投函《とうかん》のこと

「ちょっと、何見てるんですか！　それ俺の！」

基がものすごい勢いで栄の手からメモ帳を引ったくった。

「置いてあったんだろうが」

「取材出る時に忘れてたんですよ、ていうか普通中身読みます?」

こっちにも言い分はある。ここ数日で何となく栄の定位置になっていた机の上に放置されていたのと、手帳や日記っぽさのない薄っぺらいメモ帳だったからだ。そして真面目に記録がつけられていたのでついつい読み進めてしまった。

「この業界にプライバシーなんかねえんだよ」

「最悪ですね」

内線電話が鳴り、基より先に設楽が受話器を取る(栄ははなから動く気がない)。

「はい、報道フロアです。おはようございます……え? ええ、はい……」

何の用件なのか、急に眉根を寄せる。

「いえ、心配いりませんとお答えください。それ以上のことは、業務上明かせませんで逃げてもらって結構です。同様の問い合わせが相次ぐようなら、また対応を協議しますので。お手数かけます、すみません、では」

受話器を置くと同時にため息をつき「面倒だな」とつぶやいた。

「どうしたんですか?」

視聴者センターから、と設楽が答える。

「テレビが映らなくなるかもというのは本当か、って問い合わせが来たらしい」

「え？」

「SNSでうわさになってるそうだ」

「俺じゃないですよ！」

何も言われないうちから基が即座に否定した。

「よしてめえだな」

「違いますって！　設楽さん信じてください」

「いや分かってるから落ち着いて。栄もやめろ。他局にも同じ電話がかかってきてる可能性あるから確認する。美作はちょっとうわさの出どころ探っといて」

火の元はすぐに見つかった。ドローンで撮ったと思《おぼ》しき、柄下山の映像。道路の陥没《かんぼつ》や土砂崩れと共に、倒れた電柱がはっきり映った動画がツイッターに投稿されていた。

『衝撃‼　柄下山、電波塔近くの電柱が倒壊《とうかい》！　……これってやばくないですか？　テレビ大丈夫？』

投稿日はおととい、つまり電線が仮復旧するより前だ。それがじわじわ拡散されていくうちに「県内のテレビは全部ここからですよ」「今は非常用発電で動いてるはず、それも数日の命」「家庭の電気とは関係なくテレビが見られなくなっても故障じゃないからね！」などと、それなりに詳しいユーザーのコメントが付け足され説得力を増したのだろう、万単位のRTやいいねがつき、動画再生も十万回超。こうなるともう「バズってるからバズる」サイクルだ。「テレビやばい」というハッシュタグまでトレンドに上がっている。設楽の危惧《きぐ》は的中し、県内の放送各局に同様の電話が相次いだ。大雨のせいで出勤不能なオペレーターもいる上、災害報道関連の問い合わせも多く、センターの回線は昼前にパンク状態になった。ツイッターの公式アカウントや問い合わせ用のメールアドレスにも同じような質問が殺到《さっとう》しているらしい。野次馬や愉快犯が相当数含まれているとしても、確かに厄介《やっかい》な事態だ。

「夕方ニュース中に、視聴者へのお知らせとして停波の件に触れる」

五局が電話で協議した結果、その方針が決定した。

「時間帯も合わせて、原稿の文言《もんごん》も一言一句まで揃える。アドリブ・脱線一切なし、それだけをアナウンサーのワンショットで簡潔に伝えてCMなり次のコーナーに行く」

「余計怪しいですよ」

報道局長からのお達しに案の定というべきか、基が異を唱えた。

「そこまで足並み揃えたら却って不自然で、絶対何か隠してるんだなって思われるだけでしょう」

「一度広がった憶測を払拭《ふっしょく》できるような妙案《みょうあん》はどこにもない。説明することに意味がある」

何でもないから心配しないでね、と確かにお伝えしましたよ、深読みするのはそちらの勝手——アリバイづくりのための告知。もちろんそのばかばかしい理屈を誰もが分かっているので白けた顔つきで、でも責任を果たしているのか微妙な説明でお茶を濁すのは実によくあることだから表立って声を上げはしない。悪い慣習と諦めの空気を読まなかった基は、ぬるい水の表面に分離して浮いた油の層みたいだった。

「あすの水曜、発電機が無事に接続できればひとまず停波の心配はなくなる。テレビが映り続けていればネットが煽《あお》った危機感なんかすぐに立ち消えて忘れるだろう。以上です。原稿は各局調整して決定稿《けっていこう》を報道情報システムに上げますので、くれぐれも文章をいじらないように」

傲慢《ごうまん》だ、と基のちいさな憤り《いきどお》が聞こえる。

「既存《きそん》のメディアは、未だに情報の蛇口《じゃぐち》を自分たちで開け閉めできると勘違いしてる。どんだけ時代遅れなんだよ……」

そして足早に姿を消してしまった。おっしゃるとおり、という設楽の声は届かなかっただろう。

——ここでひとつ、お知らせです。今回の豪雨に伴《ともな》い、広島県内にある電波塔の送電線の一部が被害を受けました。現在、中国電力によって仮復旧の作業が完了しています。今、ご覧のテレビでの地上デジタル放送に支障はありませんのでご安心ください。私たちは、これからも素早く正確な災害情報をお届けしていきます。ＣＭの後は、あすのお天気……。

――またこんなとこで寝てる……。

――大人だし、好きにさせてやろう。

頭上から声が降ってくる。栄が寝転がっている壁際にもたれて雑談しているのだろう。うるせえな。

――あした、うまくいくんでしょうか。

――準備はした、天気は晴れ予報、作業的な問題は俺たちにはどうしようもない。

――ですね……。

――無事にミッションコンプリートして、東京に帰れるよう祈ろう。

はい、という基の答えはややためらいがちだった。栄が気づくくらいだから当然設楽も「どうかした？」と問う。

――いえ……一週間足らずだったけど、ここで友達ができて、大変なりに楽しかったのを思い出して。

小学生かよ、と思ったが、設楽は「それはよかった」と親身な口調で受け止めていた。

――現場で出会う他社さんとも話すようになってＬＩＮＥでグループ作ったり……旭テレビだと、どうしても皆さん僕の経歴を知っているので浮いてしまって。いや、自分も「どうせずっといるわけじゃないし」って開き直ってたのがいけないと思ってます。そういうのって伝わるじゃないですか。だから、初めて遠慮せずに口きいてくれたのが相馬さんっていう。……あれはあれでどうかとは思ってますけど！

——はは。

——設楽さんは腹立つ時ないんですか。

——そりゃあるよ。

明快なご回答だった。

——でも言葉遣いや態度とは関係ない。そんなのは問題じゃない。

——そうですか……？

訝《いぶか》しげな基に、詳しく説明する気はないらしい。「あしたも中継入ってるんだっけ？」と話題を変えた。

——あ、そうです、朝イチで県道の方に。にしても、こんなこと言ったら呆れられそうですけど、中継って大変ですね。

——え、何で？

——カメラチェック、マイクチェック、掛け合いチェック、もっと簡単にできるのかと思ってました。

——最悪、スマホ一台でできないことはないし、どんどん簡略化されてきてるんだけどね。

それから設楽がふっと笑う気配を感じた。

――昔は……俺が入社する以前ね、マイクロ中継っていうのが一般的だったんだよ。Wi-Fiの電波とかがない時代。放送局や基地局から半径一キロ程度かな、それがエリアの限界。しかも、障害物なく直線で見通せるのが理想で、目の前を人が横切っただけでも映像が乱れちゃう。

――え、めちゃめちゃ不便じゃないですか。僻地《へきち》から中継したい時はどうするんですか？

人間がアンテナを運ぶ、と設楽は答えた。

――え？

――傘を逆さにしたみたいなやつ、結構でかいんだけど、あれを配置してたんだって。極端なことを言うと、山の向こうから中継したい時は、山道に沿って必要な数のアンテナを用意して電波をリレーする――まさに「中継」だろ？

――考えられない。

――俺も実際にやったわけじゃないからえらそうなことは言えないけど、今よりずっと「伝える」って仕事の重みがあったんだろうね。そこまでして中継するほどのものか、どうしてもやらなきゃいけないのか、悩む局面が多かったと思う。逆に、中継できなくて歯痒《はがゆ》い場面も多々あっただろう。もちろん技術が進歩した結果、安定してリアルタイムの映像を届けられるのはすばらしい、でも時々想像する。自分がもう二十年前にこの仕事をやってたら、どうなんだろうな。美作が批判したような、傲慢な勘違いに陥ってるかもね。

――そんな、設楽さんに限って。

――カロリーの高い仕事をする使命感や責任感をいつの間にか万能感《ばんのうかん》に履《は》き違えるのはよくある話だよ。

基からは何の反応もない。沈黙の中で、設楽の言葉を本人なりに噛み締めているのは伝わってきた。見えていなくても。

栄はむくっと起き上がる。身体の下の新聞紙がくしゃっと音を立て「わ」と基が身じろいだ。

「お目覚めでございますか」

と設楽。

「人が寝てる横でだらだらしゃべってんじゃねえよ」

「気を遣わなきゃいけないところで寝るほうもどうかと思いますけど！」

「うるせえ。……それより、一個思いついたことあんだけど」

立ち上がり、新聞紙を両手で丸めて基に投げた。

「自分で捨ててもらえます？」

「お前は出向してきたご身分」

「は？」

今さら何を、と基が訝しむ。

「その上権力者の息子」

「それ言うのまじでやめてくださいよっ」

「だから、若干《じゃっかん》グレーな手法を取ってばれたとしても支障はない、そうだな？」

「え、ちょっと待ってください何の話ですか？」

「そうだろ、てかそうであれ」

「いやいや……俺に何をやらせようとしてるんですか」

警戒してじりっと後ずさる、とすぐに設楽にぶつかる。設楽はその肩を優しく叩き「諦めて」と笑いかけた。

「このお兄さん、面白いこと閃《ひらめ》いたら絶対引かないから」

そこを引かせるのが本来あんたの役目なんだけどな。


金曜日以来の喫煙所に行き、設楽に煙草を要求すると、差し出された箱には一本しか残っていなかった。

「なに着々と消費してんだよ」

「自分で吸ったんじゃないって。進呈しただけ。喫煙外交って未だに有効なんだなな」

コミュニケーションを図《はか》ったり、煙に紛《まぎ》れてちょっとした便宜《べんぎ》をお願いしたり。基がいたらまた「時代遅れ」と言うのかもしれない。まだ全部終わったわけじゃないが、区切りが見えてきた安堵でか、煙草は金曜日よりうまかった。だからお裾《すそ》分《わ》けはせず立て続けに吸い込む。

「きょうはくれないんだ」

「やらねえ」

これみよがしに細く長く煙を吐き出していると、ＬＩＮＥの通知が届く。

「美作？」

「そう。『指示どおりにやりました』だと」

どうして俺が、と不満たらたらの表情を思い出すといっそう気分がいい。

「何で急にあんなこと思いついたんだ？」

「あんたの話寝ながら聞いてたら、何となく」

「お前の回線は相変わらずぶっ飛んでるね」

そっちこそ、と栄は言い返した。

「何が」

「テレビの黄金期に働いて甘い汁吸いたかったってやつはごまんといても、苦労を感じたいなんて普通思わねえよ」

「そうかな」

「あんたらしいけど」

「俺らしさって何だろう」

栄に何かを言わせたいのではなく、設楽自身、本当に分からなくて訊いている気がした。栄はちょっと笑って肩口に額を押しつける。

「……もの好き、ドM、変態、好きなの選べよ」

「それ、大体一緒じゃない？　そして割とブーメランじゃない？」

「うっせえ。……そういや、さっき言ってた、俺に腹立つ時ってどんな時？」

「気にしてくれるんだ」

「あんたの地雷踏むとめんどくせえからな」

「栄が、栄のことを分かってないと思う時、栄を粗末《そまつ》にしてる時、かな」

回避できそうにねえな。縮《ちぢ》んだ煙草を吸殻《すいがら》入れに落とすと「本当に独り占めしたよ」とぼやかれた。

「吸うか？」

顔を上げ、設楽の顎《あご》の下を指先でつついてやる。

「えっどうしようかな、でもあした仕事が終わってからのお楽しみに取っとく」

そういうとこがMなんだよ。

「やれることはやり尽くしたか？」

「俺はね。後はお祈りするのみ……いや、まだあった。ヘリが無事に飛び立てるようてるてる坊主吊るさないと」

「久々に聞いたわその単語」

喫煙所の窓からは、白《しら》み始めた空が見える。祈るまでもなくいい天気になりそうだった。すぐ目の前を流れる旧大田川《おおたがわ》はまだ茶色に淀《よど》んでいたが、朝陽を浴びて反射する光は真っ白だ。

朝が来る。

火曜日
・フライトの事前作業・確認すべてOK
・水曜日の予定を最終確認（以下詳細）
・午前中に最終準備（ヘリポート班計十五人、柄下山現地班計三十人↓いずれも車両と徒歩で移動）
・午後一時〜テスト飛行、OKなら順次発電機と燃料を運搬（想定は十往復）
・運搬次第、発電機を接続し、地下のタンクに燃料補給
・午後七時前後、現地班作業終了予定
・荒天《こうてん》の場合翌日に順延《じゅんえん》
・相馬Pより一件指示あり（極秘）↓完了

・空振りならそれでも構わないとのこと
・発覚して詰められた際には独断でやったと言うよう脅《おど》される
・設楽P、ずっと笑っているのみ
・おかしいだろ

「え、俺、ヘリ乗せてもらえないんですか？　相馬さんだけずるくないですか？」

いざ出発という段になって、基がごね始めた。

「当たり前だ、お前は柄下山でパシリ兼カメラな。物見遊山《ものみゆさん》の人間乗せるスペースはねえよ」

「相馬さんだって物見遊山でしょ」

「俺はカメラ回すんだよ。別に代わってやってもいいけど、初ヘリでカメラ覗いてもゲロ吐かねえ自信はあるんだな？」

「えっ……」

「さもなきゃゲロ吐きながら涼しい顔でカメラ回し続ける覚悟があるんだな？」

「……柄下山でお待ちしてます」

「ヘタレが」

「どっちなんですか！」

「はいはい、皆さんくれぐれも事故やけがのないようにね」

留守番役の設楽が軽く手を打つ。

「想定外と初めてだらけの一連の試《こころ》みでしたが、きょうが勝負です。と言っても、安全面以外の心配はしてません。笑顔で帰ってきてくれるのを楽しみに待ってます……行ってらっしゃい」

車に乗り込む前、「美作」と声をかけた。

「……はい」

基はまだ拗《す》ねた顔つきで返事をする。

「前に言ってたよな、俺が作ったVに嘘がないって。んなわけねえよ。お前にまだ見えてないだけだ。だって『単なる本当』をそのまま皿に載せて出してもうまくも何ともないからな」

「これからって時にテンション下がること言わないでくださいよ」

逆だよ、と栄は笑う。

「嘘が分かるようになってからはまり込んでくんだよ、テレビは。やめらんねえぞ」

基に脅しをかけたものの、報道取材用のヘリよりずっと大きい二十一人乗りの機体はさすがの安定感だった。三tの重りをつないで離陸すると、地上のスタッフがいっせいに手を振る。その姿があっという間にズームアウトして見えなくなると、栄はカメラ越しに遠くを眺めた。家、山、海。上空からは豪雨の爪痕《つめあと》が至るところ見て取れた。「たくさんの雨が短時間に降った」だけで壊れた世界。剥《む》き出しになった山肌、いびつに崩れた稜線《りょうせん》。茶色い水の中に浸《つ》かった街や車と、蛇《へび》のように市街地を這う泥《どろ》色の河川《かせん》。それが河口《かこう》に至ると、瀬戸内海の青と混ざってにじんでいる。フレームに到底収まりきらない景色、生活、地上の痛み。現時点で判明している死者・行方不明者は五人、被害の規模に比べ奇跡的に少ないと見る向きもあるが、一だの百だのの数字は、当事者たちにとって何ほどの意味もない。死ぬよりましだった、死んだほうがましだった、心の光景までは分からない。分からないから、ただ、残す。

山のカーブに沿って並ぶ送電鉄塔の規則正しい列と伸びていく電線を見た時、設楽の話を思い出した。これが人間だったら面白いのに。

逆さまの傘を高く掲《かか》げて、並んでいたら。何にも妨《さまた》げられず、見えないものをまっすぐにつないで、見下ろす視界の果てまでずっと連なる、そんな光景が撮影できたら、栄は嬉しい。そうしたら、いちばんに設楽に見せてやる。

行ったり来たりのピストン輸送が無事に終わり、ヘリから降りると短時間に離着陸を繰り返したせいでさすがに胸がむかついていた。それでも設楽に「輸送完了」とＬＩＮＥで報告するとすぐに電話がかかってくる。

『お疲れ』

「今から撤収《てっしゅう》して戻る」

『はい、気をつけて。……そういえば、美作に頼んだ仕込みも狙いどおりにいってるよ』

急に声をひそめ、つけ加えた。

「このままうまくいくかどうかは分かんねえけどな」

『今のとこ、順調に拡散されてるから沈静化《ちんせいか》してほしいね』

昨夜、ツイッターのアカウントを作れ、と美作に指示した。

――もちろん本名なんか使うなよ、そんで、このドローン撮影者にDMしろ、『あしたの午後から柄下山で何か動きがあるみたいです』って。……今こいつ起きてんな、つぶやいてる。急げ。DMして、既読《きどく》ついたらアカウント消せ。

――え、何でわざわざそんなの教えてやらなきゃいけないんですか？

――撮らせるんだよ。でかいヘリがでかいブツを何度も運んでる、大掛かりなことしてるのは一目瞭然だろ。こいつがまた動画投稿すりゃ、ユーザーの皆さんが勝手に推理してくれるよ。対策を取ったんだなって結論になる。

一度拡散された不安を一発で消せる魔法はない、でもそもそもの火元が直々《じきじき》に続報を投下すれば注目度は違うだろう。

――いくつか問題、というか不確定要素があるけど。

設楽が口を挟んだ。

――こいつがＤＭを本気にせず、動かなかったら？　万が一輸送作戦が失敗したら？

――シカトならそれでいい、何が何でも火消ししなきゃならねえわけじゃない。作戦失敗すればそれこそどの道隠し通せない。ヘリポートまで作ってんだからどっかから洩れる。むしろ早めに騒いでもらったほうが時代錯誤《さくご》のじいさまたちも腹括《くく》って公表するだろ。仮復旧はできてんだから、何がなんでも秘密にしなきゃならない状況とは違う。

――なるほど。

――いやいや一番大事な問題が抜けてますよ！　社外秘の案件、ばれたらどうするんですか？　どう考えても内部からのリークじゃないですか。

――だから適当なアカウント作ってすぐ消せって言ってんだ。

――本気で調べれば足がつきますよ、もしこいつがリークをばらしたら？　柄下山に野次馬がたくさん来て迷惑がかかるかも……。

――ばらさねえ。

――何で分かるんですか。

――最初の投稿で、情報の蛇口《じゃぐち》ひねる快感を覚えたからだよ。

基はその時、何か恐ろしいものに出くわしたような目で栄を見た。

――バズって浮かれてる、フォロワーが増えてネットニュースに取り上げられて喜んでる。もうワンチャンあったら間違いなく食いつくし、誰かから与えられたネタだなんてわざわざ言うはずがない。安心しろよ、見込みが外れてばらされたとして、テレビの皆さんも本気で犯人探しするほど暇じゃねえ。

——なら相馬さんが自分の携帯でやってくださいよ！

——そこは保険だよ。

帰りの車内でツイッターを見ると、ついさっきまで栄が乗っていたヘリの動画がさっそく投稿されている。「大型ヘリが柄下山に何か運んでる！」というコメントに、発電機だの燃料だのと正解が寄せられるのも読みどおり。ヘリ愛好家が即座に機体を特定し、なかなか見られないですよと興奮していた。みるみる増えていくRTといいねの数字をふしぎな気持ちで眺める。海も山も越えて瞬《またた》く間につながっていく言葉と映像。

「発電機交換、燃料補給、完了しました！」

午後七時前、その一報がピーステレビに入り、フロアが拍手と歓声で沸く。同時に、設楽の携帯が鳴った。

「もしもし——ああ、ちょうど今聞いた。お疲れさま。至急で戻ってこられる？　最終ののぞみで東京に帰りたいから。……え？　ああ、そうなの？　そりゃこっちは助かるだろうし、コンテンツ事業部のほうで問題ないなら俺がとやかく言う話じゃない。うん、じゃあ頑張って」

通話を切ると「美作が」と言う。

「もうちょっと残りたいんだって」

「何で」

「友達もできたし、応援体制整ってきたとはいえ、まだまだ大変な状況で自分ひとり抜けられないって思ったんじゃない」

「ちょろいやつ」

「いいやつって言ってやれ」

こっちはそこまで自由な身分でもないから、さすがにもう帰京しなければならない。広島駅のホームまで、基がわざわざ見送りに駆けつけてきた。

「六日間、お世話になりました。って、僕も月内には帰る予定ですけど」

「で、ここで何する気?」

設楽が言わずもがなのことを尋ねると、基は当然「取材ですよ」と呆れ顔で答えた。

「その先は?」

「え?」

「思い出づくりにカメラ回してたわけじゃないだろ、美作にしかできないことがある」

「でも、カメラ全然下手ですし、編集も構成もひとりでは……」

「どこで出すか考えてる?」

「それは……いずれ『ザ・ニュース』なり、報道か情報番組のどこかで扱っていただけるなら、とは」

「そんな悠長なこと言ってる場合じゃない」

設楽ははっきり言った。

「ヘリの画《え》は栄が撮ってる、ピーステレビや柄下山でのようすは美作が撮ってる、おいしい素材だろ。ツイッターに上がった動画はいわば〝予告編〟だよ、できるだけ早く本編をお届けするべきじゃないか?」

栄はそこで察しがついた。テレビで流したものをバズらせるんじゃなく、バズったものを「ヘリ動画の運搬劇《うんぱんげき》の裏側」として無料の宣伝に使う気だ。

「せっかく配信の部署にいるのに、地上波での露出《ろしゅつ》にこだわってどうする」

「そっか、配信で……」

基は軽く俯《うつむ》いて口の中で何やらつぶやきながら考え込んでいたが、すぐに「あの!」と顔を上げた。何か面白い考えが浮かんだ時の、きらきらした目だった。

「映像なら他局にもたくさんあります。NHKは難しいかもしれませんが、合同で、合作みたいなかたちで仕上げて『GRAPE』で世界配信できるといいんじゃないでしょうか」

局同士の枠も、ローカルだの全国ネットだのの枠も超えて。

「取り分は公平、収益の一部は豪雨被害への義捐金《ぎえんきん》に回るようにします。使用料取らずに、地元の映画館や公民館で上映してもらってもいい。学校で防災教育の教材にできるかもしれない」

「いいと思うよ」

と設楽は頷いた。

「現場で一緒に汗かいて、ここに残るって選択した美作だからこそできると思う。人とものをつないで、やってみな」

「はい、きょうから企画書作ります。……設楽さんも相馬さんも、そこまで見通してたんですね」

「いや別に」

と異口同音《いくどうおん》に答えた。

「俺は後のことまでいちいち考えてねえ」

「逆に俺は、相馬Pの作戦に乗っかってもうちょっと広げてみただけ」

東京行き、最終ののぞみがホームに入ってきた。アナウンスと走行音で一気にあたりが騒がしくなる。基が「俺、まだ諦めてないんですけど」と声を張り上げた。

「やっぱり、おふたりには『GRAPE』にきて仕事してほしいです」

「行ってやってもいいけど」

栄は答えた。

「ほんとですか？」

「――こっちのおっさんがいいっつったらな」

親指で設楽を指すと、基より設楽のほうが驚いていた。

「え、どういう意味ですか」

「そのまんまだけど。俺個人としちゃ働く場所なんかどこでもいいんだよ」

その言葉の本気度ををまだ量《はか》りかねるように小首を傾《かし》げつつ、基は「じゃあ、設楽さんいかがですか」とお伺いを立てた。設楽は「乗ろう」と栄の背中を押し、先に行かせてからホームを振り返る。

「ナンパには二十年早いよ」

基がどんな顔をしていたのか、栄からは見えなかった。でも、ちょっと悔しそうな、それでいて嬉しそうな表情だったんじゃないかと思う。

「二十年後ってあんた定年してんじゃねえか」

「そう、いざって時のために再雇用の口を確保しとこうかと思って」

「その頃にはお呼びじゃねえだろうな」

行きは普通車指定席だったのに帰りはグリーンだった。「予定外の労働させられたんだから、これくらいは」と伝票を処理する本人が言うからには問題ないのだろう。

座席につくと、設楽が「二十年後のテレビってどうなってるかな」と言う。

「いよいよ消滅してんじゃねえの」

「俺は案外細々と続いてるような気がしてるんだよね。ほら、今回美作がまんまと相馬Pにハマっちゃったみたいに、つながっていってさ」

ハマられるような心当たりはない。栄はただ自分の仕事をしただけだ。でも、昔睦人《むつと》に言われた言葉を思い出している。

――背中で引っ張ってくPになれると思うよ。

なれたともなれるとも思わない（なりたいとも）が、設楽の楽観的な未来予想は悪くない。アンテナがWi-Fiになるよりずっと大きな変化があり、自分たちはどう考えても最前線にはいないだろうけれど。

設楽は荷物を座席上《うえ》の収納に押し込むと、ノートパソコンだけを取り出してテーブルに広げた。

「まだ働く気かよ」

「大至急じゃないものを無視してたからさすがにね。あと、今回みたいな災害がまたないとも言い切れないから長期的な対策を考えないと。送電鉄塔を別ルートに建設するのは予算上厳しいよなあ……非常用発電機のさらに予備を設置するんなら、総務省の耐災害性《たいさいがいせい》強化支援事業で補助金出るか……」

栄には興味がない分野だったので放っておくことにして、車内販売でビールを仕入れた。

「飲むんだ」

「おう」

六日間も禁酒したのは入院した時以来だ、これ以上我慢する気は毛頭《もうとう》ない。ふと窓の方を向くと夜の中に設楽の姿が浮かび上がって見える。まだ打ち上げられないいらしい男の横顔に黙って缶ビールを掲げるとプルタブを起こしてごくりと飲んだ。うまい。


停車した、と思って半分目が開き、また発車したタイミングで完全に覚醒《かくせい》した。

「……どこ?」

「品川出たとこ」

「起こせよ」

酒と疲労のおかげでブラックアウトに近い熟睡だった。

「せっかくだから東京まで行こう、ホテル取ったし」

「めんどくせーよ」

「品川で降りてマッサージに行くって選択肢もあったんだけどね?」

「いやまっすぐ帰れ」

東京まではあっという間で、広島よりずいぶんにょきにょきうるさい建物の狭間から東京タワーが見えた。

「……戻ってきたって感じだね」

設楽がつぶやく。あれが電波塔として造られたことを普段考えもしないのだが、確かにきょうは赤い光にほっとした。都内に高層ビルが林立した結果、三百メートル余りの高さでは足りなくなった。スカイツリーの六百メートルでも届かない日が来るのか、いずれ電波塔など必要としなくなるのか。

間もなく終点、東京駅です――車内放送が流れると、栄は設楽に声をかけた。

「お疲れ」

「……お疲れさま」

長かったしあっという間だった、完ぺきにできたとは思わない、でも、たぶんお互いに自分らしくやった。

ホテルは東京駅直結だったので（本当にこういうところは抜かりがない）すぐにチェックインして風呂に入る。局のシャワー室で手短にすませる日々がようやく終わり、たっぷり湯を張った浴槽《よくそう》に身体を沈めると心底気持ちよかった。

これも六日ぶりのベッドに寝転び、頬にあたる枕のやわらかさ、さらさらしたリネンや全身を受け止めるスプリングの弾力を満喫しているうちにまた眠気が襲ってくる。うとうとまどろんでいると設楽が出てきて、横向いた栄を背後から抱きしめる。風呂上がりの体温がバスローブ越しにしっとりと背中をぬくめるのでいっそう意識が危うくなってくるが、まだ寝られそうにない。

「……新幹線で全然寝てないくせして元気だな」

「俺は要所要所で仮眠してたから」

設楽の手が、雑に結んだバスローブの帯を解《と》いて素肌を撫でる。

「嘘つけ」

「やってる感、出すの得意なんだよね」

「世渡り上手なふりすんなよ、笑えるから」

「お前ほど壊滅的に下手じゃないけど」

まだ乾き切っていないうなじを尖った鼻先がくすぐりながら上り、耳の後ろにたどり着くと今度は舌の先が勾玉《まがたま》みたいなカーブをなぞった。湯でも水でもない、ぞわりとぬるい体液にどうして興奮させられてしまうのだろう。枕に吐き出す息が湿ってくるのが分かる。

「んっ……」

「それでもどうにか、お互い生き残ってきたし」

「違うだろ」

「ん?」

「あんたが俺を生き延びさせたんだろ」

そのために自分を擲《なげう》ったことが、あの時は許せなかった。一方的に手を伸ばしてきて掴んだのは設楽なのに、振りほどいて違う糸を結びつけた。許せなくて、かといって断ち切ることもできなくてか細くつながっていたものが、今はまた設楽の手にある。今でも悔しくて、同時にもういいや、とも思っている。切れそうにない縁なら、こっちから全部くれてやる。

「相馬栄の作ったものを見ることが、俺の生きる希望だよ」

「作んなくなったら？」

「ならないと思うけど、寂しいだろうね」

ゆっくりと耳たぶを甘噛みしながら設楽は答えた。

「本体は傍にいてくれるみたいだから」

「仕事してなきゃ意味ないんじゃねえの」

「そんなわけがないだろう」

怒るよ、という言葉とともに、すこしきつく乳首を摘《つま》まれた。

「あ」

「栄の作るものだから好きで、ああいうものを作れるから栄で……卵と鶏《にわとり》問題だな。納得させられる言葉はないかもしれないけど——絶対に好きだよ、栄」

耳腔《じこう》に直接吹き込まれる告白が眠気を蒸発させる。同じボディソープを使っていても、設楽から香る空気はわずかに違う気がした。胸の突起を苛《さいな》む軽い疼《うず》きは指先の行《おこな》いで明らかな性感に変わり、軽く押しつぶされると空気を充塡《じゅうてん》されたようにちいさく膨《ふく》らみ、薄い皮膚をいっそう過敏にさせた。

「あ……っ」

興奮に比してささやかで、そして何も排出しない尖りを両方の手が丹念に弄《いじ》る。転がすような摩擦が弱い電気を生み、じきに髪の毛まで帯電《たいでん》してしまうのか、腹を撫でられても生え際に息をかけられてもぞくぞくする。

「んんっ」

耳裏のやわい膚《はだ》を何度も吸い上げながら、設楽は下腹部に手を這わせ栄の性器を捕らえた。最初は人差し指と親指を巻きつけ、根元から中ほどまでを擦《こす》り上げると、それは頭をもたげて発情をあからさまにする。血を密にして硬くなれば、摩擦のストロークは大きくなり、全長を一気に扱《しご》き上げ、扱き下ろす。

「っ、は……」

思わず背中を丸めると首の骨の出っ張りをきつく吸引《きゅういん》され、軽い痛みはいっそう下半身の感覚を鋭敏《えいびん》にさせる。どうしたいわけでもなく、腰から回された設楽の腕を掴んで促《うなが》すようにとどめるようにさすった。

「……いい？」

「んっ……」

気持ちいいか訊いているのか、もっとしていいか訊いているのか、判然としなかったが、軽く頷いて今度は喉をそらすと、首筋に頭をすりつけられる。動物がじゃれ合う延長のような交わりの気配は、高い天井からぶら下がるシャンデリアをひそやかにきらめかせた。時折、駅構内のアナウンスがかすかに届いてくるのが却《かえ》っていいと思った。

「そろそろ終電かな」

設楽も同じことを考えているのか、ちょっと笑っていた。吸い込まれる人間と吐き出される人間がつながる場所でセックスしている。

「あっ」

先走りにぬめる指が一本、背後に挿《さ》し込まれる。完全に馴《な》らすには不十分だが、その程度の異物を行き来させるには足る潤《うるお》いで内部を探り、窺った。

「んっ――あ……っ」

同じリズムで前も扱かれ、張り詰めた糸がその都度びぃんびぃんと弾《はじ》かれるような快感に翻《ほん》弄《ろう》される。輪にした指が性器を締め上げる、栄の粘膜《ねんまく》が指を締め上げる。その繰り返しで快楽にはとめどがないのに、肉体のキャパは限界があるのだった。身体の中の血管と言わず筋肉と言わず臓器と言わず、ふるえて脈打つのが分かる。男の生理とじかにつながる部分を的確になぞられるとつま先が魚みたいに跳ねた。

「あ、あぁっ」

特に感じやすい先端に狙い澄ました愛撫を受けながら背後で深い抜き挿しをされれば、終点に向かう加速は止められない。追いつけない。駆けた先で道は途切れ、中空《ちゅうくう》へ勢いよく放り出されるような絶頂を味わう。

「ああ……！」

ほんの一瞬、栄の周りから重力が消える。その後最初に認識するのは、射精した性器がくったり脱力する感覚だった。でもこれは本当の終わりじゃない。栄にとってのセックスは、もう出しておしまいの行為じゃないから。

「こっち向いて」

仰向《あおむ》かされると、設楽が両脚を割り開いてのしかかってくる。その肩を押しとどめて栄は半端《はんぱ》にはだけられたバスローブを脱ぎ捨てた。

「どうしたの」

「邪魔だろ」

あんたも、と催促《さいそく》すると設楽も裸になり、裸の栄に重なって唇を落とした。

「……やっとのお楽しみだよ」

口の動きが伝わる近さでそうささやくと、今度はぐっと濃厚《のうこう》にくちづけてきた。容赦《ようしゃ》ない、と言える激しさで栄の口腔《こうこう》を貪《むさぼ》り、刺激で分泌《ぶんぴつ》された唾液《だえき》がこぼれてもお構いなしに呼吸さえ奪った。互いを啜《すす》り合うように舌を絡ませ、食い合うようにかちかち歯をぶつける。求めることにも与えることにも飢餓《きが》のような切迫を感じた。

足りない、もっと、早く早く。どこまでも沈んでいきたい。

「んっ——」

設楽は、余計なものが紛《まぎ》れ込んでいないか確かめるみたいに口内を舌でぐるりと一巡《いちじゅん》し、ひとまず気が済んだのか喉や鎖骨《さこつ》に吸いついてから、さんざんいたずらした乳首にキスをした。

「あ」

指とはまた違う色の愛撫に染め上げられていく。手探りで高めたところを目と口でおさらいするつもりだろうか。舌で気ままにあちこちへと弾かれるたび、体表《たいひょう》よりずっと奥で官能がのたうつ。そうして蓄《たくわ》えた興奮がまた栄の下腹部に熱を与えていて、口に含まれると一気に沸騰しそうになった。

「ん、あっ！」

たちまちしなる発情のかたちを思い知らせるようにゆっくりと舐《な》め上げ、充血する先端を唇で絞《しぼ》る。単純な昂ぶりへの刺激だけなら、一度いったおかげでまだ猶予《ゆうよ》があるのだが、とろりと伝った唾液で下の口をなぞられるとすぐ駄目になりそうだった。

「あ……っ、あ、あ」

びくびく張り詰める性器の発情具合を察したのか、設楽は口淫《こういん》を中断しもっと奥へと舌を潜り込ませる。

「……ん！」

前にはゆるゆるとした刺激を与えながら、その後ろを丹念《たんねん》に濡らしていった。身体の内側をじかに舐められるぞわりとした悪寒は、指で弱点をたぐられればたやすく快楽に化けてしまう。

肉体として当然の拒絶がどんどん懐柔《かいじゅう》され、狭い場所がとろかされていく。ちゅくちゅくと音を立てて収縮する粘膜《ねんまく》がどんな言葉より喘《あえ》ぎより如実《にょじつ》に栄の欲情を訴えた。

「あぁ……っ、早く、挿《い》れろよ、もう……っ」

「そう?」

とっくに受け容《い》れられる頃合いになったところをまだ指でまさぐりながら、設楽はとぼけてみせる。

「ざけんな」

「俺のほうがもっと我慢してるのに」

「知るかっ……」

セルフお預けなんか、そっちの勝手な性癖だろうに。

「前戯《ぜんぎ》ねちっこい男って最悪だぞ」

「雑よりいいに決まってる、程度の感覚なんか個人差だし」

「さっさとしねえんなら自分で抜いて寝る」

「嘘つき」

指を、ぐっと深くまでねじ込まれた。そうされてももはや痛みはないのだと確信しきった手つきで。

「あぁっ!」

「抜くだけじゃ満足できないだろ」

「うるせえよ」

力の入らない脚を持ち上げて蹴《け》ろうとしたら難なく足首を掴まれてしまった。

「大人しくしろや」

「いやそれ、俺の台詞《セリフ》ね」

それでもようやく指を引き抜いて挿入の体勢を取る。設楽がシーツに手をつき、栄を見下ろすと同時に鼻の頭から汗がぽつりと滴《したた》ってきたので、本当にぎりぎりなのだろう。すこしだけむかつきを鎮《しず》め、挿れやすいよう腰の位置を合わせてやる。

「ご協力ありがとう」

「無駄口叩くな」

「暴発しないためのささやかな抵抗だよ」

じんじんと弱い毒を含まされたみたいに痺《しび》れる後口《こうこう》に、言葉どおり硬直しきったものが食い込んでくる。もう一滴の血も追加できないほど漲《みなぎ》っているのが、見えなくても分かる。

「ああっ……」

来る、と思う。自分がどこかに行ってしまうとも思う。欲望でひらいたところを対《つい》になる欲望で充《み》たされ、この身体が一点の空白もなく設楽のものになったと感じる。いら立ちも反発も覚えず、かと言ってうっとりと幸福に浸《ひた》るわけでもなく、ああそうだな、とすんなり納得するだけだった。最初からずっとそうだったような気がしてくる。もちろん、熱に浮かされたような性交の副産物に過ぎず、肌が冷えれば何かラリってたよなと夢を反芻《はんすう》するようなぼんやりした手応えしか残らない。でも夢と違うのは、同じ錯覚に繰り返し没入《ぼつにゅう》できるところだ。こうして絡み合えば何度でも。

「栄」

「あ、あっ！」

様子見なしで性急に突き上げられ、背中がシーツから浮き上がる。栄は両脚を設楽の腰に巻きつけると、制止するのではなく、律動に合わせてさらに揺すった。そうすると男の熱が、鼓動がもっと体内に響く。

「こら」

「ん、ぁ、止まんな……っ」

「そのかすなよ、すぐいっちゃうから」

それでいい、と二の腕を掴んで訴えると「もったいない」とこぼしながらもより激しく打ちつけてきた。栄は解《ほど》けそうになる脚をしっかり絡ませ、間断《かんだん》なく注がれる快楽に爪を立てる。

「うあ、あっ、あ、あぁ……」

胸を反《そ》らせればぷつりと硬くなったままの乳首を誘うようにさらす格好になる。設楽は小刻みに内部を抉《えぐ》りながら指の腹でそこを擦り、きゅうっと締まる臓腑《ぞうふ》のなかでますます性器を猛《たけ》らせた。

「すごいな、まだ絞ってくる……溶けそうだよ」

溶かされそうなのはこっちだ。栄の真ん中をまっすぐにひらいて詛《たら》し込んでくる熱さで、硬さで。

「あ――」

弾ける寸前の不随意《ふずいい》な脈動が栄の膚に鳥肌を立てた。怖いんじゃない、寒いんじゃない、嬉しい、待っている、こんなにも期待をたぎらせた全身で受け止めたくて。

くる。

「あぁ……っ！」

設楽は最後の一滴まで貪欲《どんよく》に出し切ろうと腰を押しつけ、長い息をつきながら身ぶるいする。存分に熱をそそいだ身体を見下ろし、栄の頬に触れる。軽く汗を拭《ぬぐ》うと、しょっぱい指を口の中に差し入れてきた。

「ん」

逆らわずに受け容れ、軽く歯を立てると舌でくすぐった。頬の内側の粘膜で生温かく締め上げてやればむせない程度の動きで往復される。さっきまでの再現みたいな交歓の音が見慣れない部屋に充満する。外は東京の真ん中にいると思えないほど静まり返っていた。性交に没頭している間に、水の中に沈んでしまったのではないかとさえ思える。嵐の目に入ったようなしじまをふたりで汚しているると思うと嬉しかった。

指を丹念にしゃぶっているうちに、まだ挿《はい》ったままの性器がすこしずつ張りと熱さを取り戻していくのが分かる。じわじわと内部から下腹部を拡《ひろ》げられると、猛りきったものに蹂躙《じゅうりん》されるのとはまた違う歓喜を覚えた。

「あ……」

そのまま、また動き始めるのかと思ったのに、設楽は充分に硬くしてから引き抜くと、栄の身体を裏返した。とろけきった口を後ろから犯す。

「あっ！……あ、あっ」

内部の侵食度合いを確かめるように、腰の後ろをてのひらで圧《お》しながら短い行き来で突き上げる。違う角度から違うふうに律動されると、肉体は新鮮な快感をどこまでも貪欲に取り込もうと収縮した。

「あ、ああ、あ……」

揺さぶられて視界ががくがくずれる。かと思えば深く嵌《はま》ったところで動くのをやめ、弓なりにたわんだ背中全体や、雨樋《あまどい》みたいな真ん中の溝《みぞ》を手や指で撫で、ぽつぽつと雨だれめいたキスを降らせた。そのたびに接合部がもどかしげな吸着で設楽の性器にしゃぶりつく。

「んんっ！」

焦《じ》らされた深部まで、ひと息に到達された。先走りが勢いよく飛び出ていく感覚を味わう間もなく腰を鷲掴《わしづか》みにされ、立て続けに揺すり上げられ、シーツを握りしめた。

「休憩、終わり」

「あ……っ、終わってから休憩しろよっ……」

「ほら、緩急《かんきゅう》って大事だから。VTRと一緒」

「こんな時に仕事の話すんな」

「栄がそんなこと言ってくれるとは思わなかったな」

「気が散る——っ……ん！」

「分かった、集中する」

「あぁ、あっ……」

激しい摩擦と抽挿《ちゅうそう》に翻弄され、いつの間にか嵐の渦《うず》の中にいる。反復する挿入に発情は塗り重ねられ、どんどん濃く密に煮詰まっていく。沸き立つ。焦がれる。足りないものが何ひとつないような、頭のてっぺんからつま先にまで満ちる絶頂がもうすぐそこだ。栄ひとりでは、設楽以外の誰かとは、行けないところ。

身体のあちこちに魂をばら撒《ま》いたような大きな鼓動でつながって。

「ん……っ」

「ああっ……！」

シーツに深い波を作ったままほどけた指に設楽の指が重なり、ぎゅっと握られる。身体の重みも混じる汗もうなじにかかる荒い呼吸も、気持ちがよかった。栄はそっと首を伸ばし、男の手の甲にくちづけた。川のような青い血管と血管の間に、赤い痕がにじむ。


出勤すると、栄専用の書類ボックス（という名目の単なるプラスチックケース）には六日ぶんの郵便物や書類や新聞が堆積《たいせき》していた。見るだけでげんなりする眺めだ。

「現実に帰ってきたねえ」

「今までだって現実だよ」

遊んできたわけじゃねえだろ、と言うと「そうなんだけど」と笑った。

「その時々で必死だった非日常って、後から振り返ると大事な経験値になってる」

すこし間が空いたのは、すべてがそうだと言い切れない、苦いままの記憶がよぎったからだろう。もちろんそんなもの、栄にだってある。

「災害なんか起こらないでほしいに決まってるけど、現場に立ち会えてよかった」

「時間外も休日出勤もゼロだぞ」

「出張手当一万円は管理職ももらえるから」

「時給にしたら余裕で百円切ってるな、ブラックどころの話じゃねえ」

そんな話をしているうちに、スタッフも次々出勤してきた。

「おはようございまーす、あっ、お帰りなさい」

「大変だったでしょー、お疲れさまでした」

「いやこっちこそ、急に何日も穴空けてごめん。大丈夫だった？」

「ええ、まあ特に何事もなく、粛々《しゅくしゅく》と」

「おう、よく言ったな」と栄は釘を刺す。

「オンエア見てたぞ、四日ぶんの反省会もきょうまとめてやるからな、心当たりのあるやつは今から言い訳考えとけよ」

「ひっ……」

「これが現実なんだな……」

奇《く》しくも設楽と同じ感想で、残された者もそれなりの非日常感を味わったのだと思うと、ちょっとおかしかった。

「ちなみに言い訳が面白かったら許す」

「どんなシステムなんすか」

「人道的だろ」

「面白くなかったら三倍ぐらい詰められそう……」

「めっちゃハイリスクじゃん」

苦悩する連中をよそに、箱の整理に取りかかる。古い日付の新聞から手に取ると、ピークだった大雨のニュースが一面で大きく報じられている。見出しや内容の変化をざっとさらっていたら、短く濃く、慌ただしかったここ数日のあれこれが始まりからリプレイされる。

そうだな、必死で、大事だよ。

言ってやろうかと思ったが、設楽の横顔はいたくご機嫌そうで、ならもういいかと思いとどまった。きっとこれからも、何かしらは起こるのだろうし。

そんなふうに、途切れないのだろうし。

麻生さん・・
くつした

月光浴

（あるいは名和田深の憂鬱）

番組プロデューサーのもとには、ほぼ毎日何かしらの来客がある。編成、営業、番宣、もちろん社外からも。深《しん》がその顔ぶれをすべて把握しているはずもなく、いつもなら「誰か来てるな」程度で特に注意を払うこともないのだが、九月の終わりにやってきた若い男は、設楽《したら》と妙に親しげだった。ぱっと見、深より年下で、ずいぶん年齢差がありそうなのに珍しいと思い、つい観察してしまった。

「設楽さん、おはようございます！　無事帰ってきました」

「ああ、お帰り、お疲れさま。えらく日焼けしたな」

「はい、実家が浸水《しんすい》しちゃったスタッフがいたので、休みの時に泥かきとか手伝ってたらこんな感じに……お土産どうぞ」

「ありがとう。あ、名和田《なわだ》、ちょっといい？」

「はい」

「これ、いただきものだから皆《みんな》で食べて」

「わかりました、オンエアの時ケータリングに混ぜときますね」

「うん」

もみじまんじゅうの箱を受け取り、男に「ありがとうございます」と頭を下げると感じのいい笑顔が返ってくる。竜起《たつき》みたいに一発で相手の懐《ふところ》に飛び込んでくる瞬発力はないが、人懐《ひとなつ》こさと節度のバランスがちょうどいい、いかにも好青年的な好青年だった。

「コンテンツ事業部の美作基《みまさかもとい》と申します」

「こないだ、広島出張で大雨に遭遇した時、彼も一緒だったんだよ」

と設楽が補足する。

「あ、それでもみじまんじゅう……最近まで現地にいはったんですか？」

「はい、取材班に入って、まあ新人なんでいないよりましって感じではありましたが、ちょこちょこ雑用させてもらってました」

さらりと話すが、災害取材の現場なんて過酷に決まっている。体力面もそうだし、人の苦しみや悲しみをクローズアップしなくてはならないきつさは、バラエティ番組で働いていた深には想像がつかない。それでも「たくさん勉強できてよかったです」と屈託《くったく》ない基に好感を持った——栄《さかえ》が現れるまでは。

「あっ、相馬《そうま》さん！」

基の顔がぱっと明るくなり、なにこの人、と深の中で警戒ランプが点《とも》る。相馬さん見て喜ぶ人間なんか俺のほかにそうそういてへんぞ。ただもんとちゃうな。

「お久しぶりです」

「何だもう帰ってきてんのか」

「まああいましたよ！　もみじまんじゅう買ってきたんでどうぞ」

「いらねえ」

「嫌いですか？　ていうか欲しいものありますかってＬＩＮＥしたのに返事くれませんでしたよね」

しかも普通に会話成立してるやん……何なんナウシカなん？

「お土産はいらないなら別にいいんですけど、例の企画書の叩き台も送ったじゃないですか。目通してもらえました？」

「何でだよ、俺関係ねえし」

「意見聞きたいじゃないですか。設楽さんはいろいろ有益《ゆうえき》なアドバイスくれましたよ」

「じゃあもういいだろ、つうかパパに見てもらえ、どうせ即決で採用だし」

「だーかーら、そういうキャラづけやめてください」

めっちゃ話弾《はず》んでるやん……。

いつまでも傍観《ぼうかん》しているのも怪しいので菓子の箱を手にちらちら振り返りつつその場を離れると竜起が近づいてきた。

「なっちゃん何持ってんの？　あっ、もみまんだ！」

「その略し方やめーや」

「俺チーズクリームがいい！　一個キープしといて」

「はいはい……あ、せや」

竜起なら何か知っているかもしれない。柱の陰まで引っ張っていき「あの子のこと何か知ってる？」とこっそり栄のほうを覗かせた。

「コンテンツ事業部の美作くん、いうらしいねんけど」

「んー……？　あ、ひょっとしてあれかな、コネセレブ」

「えっ？」

「いやそういうあだ名がこっそりついてんだよね。俺はしゃべったことないや」

「えぐいあだ名やな」

「やっかみだろうけどね。『GRAPE』の偉い人の息子らしいよ、そんでうちには交換留学的な出向《しゅっこう》なんだって」

「ふーん」

言われてみれば質のよさそうなスーツを着ていた、でも軽く話した感じ、全然鼻にかけたところもなかったし、深が引っかかるような性格なら栄は一瞥《いちべつ》すらくれないと自信を持って言い切れる。そして、仕事ができないということもありえない。

「……なっちゃーん」

竜起が目を細め、声をひそめる。

「いったい何を気にしてんのかな～？」

ちゃうねん、と深は抗弁《こうべん》した。

「嫉妬とかではないねん、絶対に、ただ、こう……」

鎖骨《さこつ》のすこし下を手で押さえ、訴えた。

「このへんがいりいりしてくるいうか」

「嫉妬じゃん！　炎と書いてジェラシーじゃん！」

「ちゃうって……何やろ、ほっとする気持ちもあんねん。相馬さんが普通にしゃべってはるから」

「あー、確かに丸くなったよね」

「せやんな」

栄がＮＹに弾丸出張した後、気になって小太郎《こたろう》に電話した時も「スムーズに終わりましたよ」と言われたのだった。

――ほんまに？

――愛想《あいそ》のいい人ではないですけど、指示も的確でしたし、むしろやりやすかったです。

――そっか……。

――あの、逆に相馬さんは俺のこと何か言ってませんでした？

――いや別に、何や、心当たりでもあんの？

――いえ、お義父《とう》さんって呼んだだけです。

――何で⁉

意味が分からなかったのでだいぶ怒った。翌日、「コタのFacebookのアイコンとヘッダーが真っ黒になってんだけど」と竜起から聞いてちょっと心が痛んだ。

「つまり、あれだよね」

竜起が言う。

「氷河期の相馬さんの下で生き抜いてきたなっちゃんからすると、ぬくぬくしやがってーって損した気分になるんじゃない？」

「そうなんかな」

「でも安心して！　俺には今でもがんがんにブリザード吹かせてくるからね！」

「えっでも今となっては逆にそっちのほうが『特別』っぽい……」

「めんどくさ！」

ぼそぼそ言い合っていると、当の栄に「おい、深」と呼びつけられた。

「あっ、はい！」

もみじまんじゅうを竜起に押しつけて走り寄ると、栄は基を顎《あご》で示し「こいつにカメラちょっと教えてやれ」と命じた。

「え？」

「まだど素人《しろうと》だからコツとか訊きたいんだってよ」

「はあ」

「よろしくお願いします」

折り目正しく頭を下げられ、栄に言われた以上ノーの選択肢はないので困惑しつつ「こちらこそ」と答えた。

オンエア後の夜遅くに再び基はやってきて「お手数かけます」とまた一礼した。きれいなつむじが見えた時、「いいやつなんだけど、社内で話せる相手がいないみたいで」という設楽の言葉がよみがえってくる。

——ちょっと浮いてるんだ。年の近い名和田あたりが仲よくしてくれたら嬉しいと思うよ。

そんな、良心に訴えかける方向性はずるいですやん。

「えと、自分でカメラ回した素材見てほしいんでしたよね、ほな編集室行きましょか」

「はい——あ、ちょっと待ってください」

基は自販機の前で立ち止まり「どれがいいですか？」と尋ねた。

「そんなんいいですよ、別に」

「ご遠慮なさらず、ただですから」

まさか、セレブ仕様のマイ自販機を設置？と一瞬頭をよぎったが、何のことはない、飲料メーカーのアプリでスタンプを集めてもらえるドリンク無料のクーポンだった。

「ついつい大事に温存してるうちに期限切れになったりするんですよね」

「分かる」

こんなものをこつこつ貯《た》めているあたり、「コネセレブ」は根も葉もあるがやっかみ、ということなのだろう。ありがたく炭酸水をいただいて編集室に行き、基が広島で回したという映像を一緒に見た。

「自分で撮ると、プロと何か違うっていうか……プロになりたいわけじゃないんですが、その理由が知りたくて」

深はざっと目を通し、カメラの視点や動かし方、何にフォーカスするのか、いらないところをカットしてつなぐとしたらどういう構成にするのか、ポイントを挙げた。大雨に飲み込まれた市街地の、あるいは山間部の無残なありさまは水や土の匂いが漂ってきそうに生々しかったが、基は、撮影がどんなに大変だったかというようなことはいっさい口にせず、ただ真剣に深の話に頷いていた。

「ありがとうございます、実践できるかどうかは別にして、すごく分かりやすかったです、納得しました。名和田さんてすごいですね」

「ううん、俺なんか全然」

「だって、相馬さんが真っ先に『深』って呼んでたじゃないですか」

「割と長いことつかしてもらってるから、言いやすいだけ」

「それだけ信頼されてるんだと思いますよ。設楽さんにも『一番弟子から助言もらえるなんて光栄なことだよ』って言われましたもん」

「いやいや、そんな……」

照れつつ謙遜《けんそん》していると、思ってもみないひと言が放たれた。

「名和田さんもずっと報道系なんですか？」

「え、いや、バラエティのほうが長くて」

「あ、そうなんですか。僕、バラエティって全然見ないんですけど、じゃあどこで相馬さんと仕事してたんですか？」

「えっ⁉」

「どうかしました？」

「どこでって……逆に自分、相馬さんが何してきた人やと思ってんの？」

「『ザ・ニュース』じゃないんですか？　僕はやらせの特集で初めて知ったんで」

「おいめちゃめちゃニワカやないかい！」

思わず机を叩く。

「ニワカ……？」

「ちょお待ち、最初から教えるから。そんで、俺セレクションで編集したＤＶＤ五十時間ぐらい見てもらって」

「え、長っ……」

「ねーねーなっちゃんまだ帰んないの？　腹減ったよ、皆で何か食べ行こ」

深のレクチャーを受けていた基が、一時頃顔を出した。

「お、どうだった、勉強になった？」

設楽が尋ねると、やや釈然《しゃくぜん》としない表情で「とても」と頷く。

「すっきりしてないように見えるけど」

「いえ。ただ後半、講義の内容が思ってもみなかった方向に……とりあえず、ＤＶＤ貸してもらう約束はしました。今から皆川《みながわ》さんと三人で食事に行きます」

「若者は友達になるのが早いなー。楽しんでおいで」

「はい」

基は笑顔を見せたがすぐ引っ込め「おふたりに話しておきたいことが」と前置きした。

「言うべきかどうか分からないんですが、一応……三芳《みよし》さん、来月から『ＧＲＡＰＥ』に入ります」

栄はとっさに横目で設楽を盗み見た。はっきり分かるような変化はない。

「入社というより所属って感じでしょうか。もちろん例の件は承知の上で、貴重な人材だと判断したみたいです。どういう分野でやっていくのかは未定だそうですが……」

「そう」

設楽の返事はそれだけだった。明るくも暗くもなく、知り合いの消息を聞いたというだけの反応だ。

基が行ってしまってから、栄は「一気にまくられたな」と言った。

「向こうの一発逆転じゃねえか。二十年とか余裕こいてる場合かよ」

「いや勝ち負けで見てないから。まあ、よかったんじゃない。四十過ぎて一から新しい仕事っていうのも難しいし、安心はしたかな」

「それ聞いたらまたキレんだろうな」

まだ業界にしがみつくのか、恥さらし、そんなふうに罵倒《ばとう》されるほうが三芳はきっとすっきりするだろうに。

「かもね」

設楽はうっすら笑って「ちょっとドライブしようか」と誘った。

「お天気コーナーでやってただろ、今夜は満月がきれいだよ」

月はまだ高いところにあった。設楽が車を走らせながら謎の呪文《じゅもん》を口にする。

「バルバンヒューイ」

「何だって?」

「あの、広島でお世話になったツイッターアカウントの名前」

「それがどうした」

「聞き覚えあるなあって考えてたんだけど、最近やっと思い出した。『月世界旅行』っていう映画に出てくる、天文学会の会長の名前」

栄は見たことがないが、百年以上前に作られた、世界初のSF映画なのだという。モノクロ、サイレントのたった十四分のフィルム。

「その尺《しゃく》に月旅行が収まるか?」

「紙芝居みたいなもんだからね。月に行って、月に住む異星人と小競《こぜ》り合《あ》いしてまた地球に帰ってくる――脚本・監督はメリエスっていうフランス人で、イギリス国王の戴冠式《たいかんしき》も上映したんだけど、映像自体は本物じゃなかった。人間や小道具やセットを用意してそれらしく撮った」

「再現Vってことか」

ご先祖さまだな。

「そう。実際の出来事を『作る』。メリエスは魔術師だったから、写真が動くっていうことも含めた仕掛けに興味があったんだろうね」

「要はインチキ」

「そう、テレビなんか、始まりからして」

東京タワーはとっくに遠ざかって見えなくなった。「どこ行く気だよ」と訊けば「どこに行こうね」と返ってくる。

「月までは行けないし」

「どうせ熱海だろ」

東名《とうめい》走ってる時点で。

「よし、リクエストありがとう」

「してねえよ」

ちょっとドライブ、は大嘘だった。暇つぶしに携帯で「月世界旅行」の動画を探すと、既に著作権切れでいくらでも落ちていた。SFというより喜劇に見えた。たとえば学会での決定を経《へ》てロケットを造り、それが打ち上げられると、人間の顔が浮かぶ丸い月に豪快に刺さって着陸するカットがあり、本気なのか冗談なのかわからない。月の内部には洞窟や王国が広がっていて、最終的には崖《がけ》っぷちから落っこちて地球の海に帰還する。月面に人類が降り立つ（これもフェイクなんだっけ？）六十年以上前のおとぎばなし。

深夜と明け方の端境《はざかい》の時間に熱海に着き、ひと気《け》のないサンビーチで満月を見上げる。東京より光源《こうげん》が少ないので、いっそう大きく輝いて見えた。

「大学の時、十カ月ぐらい旅行してたんだ」

砂浜から続く階段に座り、設楽が言った。

「最初に船で上海《シャンハイ》に行って、そこからユーラシア大陸をずーっと……一応、ゴールはイギリスの予定だったのに、ポンド高くてエジプトになった」

電波少年かよ。

「中央アジアのあたりなんか、ガイドブックも乏《とぼ》しいしあてにならないし、どうなることやらって思ってたら、案外何とかなった。バックパッカー御用達《ごようたし》みたいな安宿には大抵ノートが置いてあって、旅行者がいろいろ書き残していくんだけど、そこにいっぱい情報があるんだよね。めしはどこがいいとか、レートのいい両替屋とか。それを頼りに次の町に行くと、またノートがあって手がかりが見つかる。俺、今リアルにドラクエだなって感動したのと、ふしぎな気持ちにもなった」

月明かりで、横顔の輪郭《りんかく》がほんのり白い。凪はないが、月に引かれる海は遠くまでなだらかな波の模様を連《つら》ねていた。

「俺に宛てたわけじゃない伝言のおかげで旅ができて、自分も、次来る誰かのために何かを残さなきゃって思うことが。だってお互い顔も名前も知らないのに。不確かなのに確かなんだ。続いて、つながっていくことが。……だから、三芳も、あいつが何を考えてるのかは知らないけど、俺がどうこうじゃなく、つながりがないのにつながってた、そういう誰かのおかげで思いがけず楽になれる日がくればいい、とは思うよ」

栄はそれを聞いてすこし笑う。わざわざ熱海まで走らなきゃこの程度の本音も言えないって面倒な男だな。

「なに？」

「何でもねえよ。またドキュメンやるんじゃねえの。第一弾は自分で自分をネタにしたりして」

センセーショナルだし、三芳にしか撮れないものとして周囲は期待するはずだ。嘘まみれ、仕掛けまみれだからこそ、フェイクじゃない素材を貪欲《どんよく》に求める業界としては。しかし設楽は「それはないな」と断言する。

「何で」

「内側にカメラ向ける、それって、栄がやったことの二番煎《せん》じだから」

手垢《てあか》を気にしていては何も作れないし、張本人がやるのなら話は全然違う、現に栄は見てみたい。でも、設楽がそう言うのなら、三芳はきっとやらないのだろう。

「よく分かってんな」

「友達だからね」

そのまま頭をもたせかけてくるのを片手で押し戻した。

「あれ？　慰めてくれる流れじゃなかった？」

「甘えんじゃねえよ」

でも、その場から動きはしなかった。丸い月が夜の端っこに沈み、海原から陽が昇ってくるまで。長い旅の途中の短い旅は、あともうすこし、終わらない。

AFTERWORD

あずけて（あとがきに代えて）

―一穂ミチ―

設楽《したら》とは、基本的に気が合わないと思っている。でも、意見というか傾向の一致を見る点はいくつかあり、眠る時の体勢もそのひとつだった。お互い、反対方向を向いて寝る。左右とか壁側がいいとか、そういうこだわりはないが、とにかく相手に背中を見せた状態が落ち着く。なので、設楽と同じベッドで眠る時は互いに背を向け、ゆるいxのかたちをつくる。背中の一部が触れると、手足や胸であられもなく分け合う時よりも設楽の体温を意識する。ぽつんと栄《さかえ》を温めるそれは、闇の中で擦《す》るマッチの火みたいだった。離れるとすこし肌寒さを覚え、栄は目を覚ます。まだ暗いまどろみの中でホテルの調度や天井高いっぱいの窓から下がるでかいカーテンを眺めた。設楽は冷蔵庫から水を出して飲んでいるらしく、グラスを使う音がした。こうやって、見えないまま相手の動作を推《お》し量《はか》るのも嫌いじゃない。ガラスの硬質な響きは不快だったが、飲み込む時の喉の音にはかすかに欲情した。

やがて設楽がベッドに戻ってきて「ごめん、起こした？」と尋ねる。こっちはじっとしたままなのに、栄の背中から何を読み取っているのやら。

「今のひと言で起きた」

「悪い悪い」

「今、何時だ」

「五時半。朝めしと身支度考慮してあと二時間は眠れるかな」

前者をカットしてもう三十分睡眠を追加したいところだが、きっと要望は通らないのだろう。

「じゃ、二時間後にまた」

背後でマットレスが沈み、むき出しの肩口につめたい唇が落ちてくる。さらさらのシーツをかき分け、設楽が元の姿勢になると栄の背中は再び温かくなる。セックスの後の倦怠《けんたい》も、溜まった業務に追われるだろうきょう一日の予感も、そのちいさな火の前では大した問題じゃなかった。

背中を預け合って落ちる、夜明け前の眠りはひんやりと澄んでいる。

＊＊＊＊＊　＊＊＊＊＊　＊＊＊＊＊

ふさいだ次はひらいたりつないだりする話になりました。前作「ふさいで」同様に油断ならないPと、とげとげ時々よわよわPを描いてくださった竹美家《たけみや》らら先生、ありがとうございます！　ちなみに靴下のみご出演の麻生《あそう》アナの顔設定もちゃんとあるのですが、いつの日かお目にかけられるといいなと思っております。めちゃかっこいいんです……。

自然や病や、いろんなものに対して人間は無力だなと痛感することの特に多いきょうこの頃ですが、どうか皆さま、お健《すこ》やかに。頑張りましょうね。頑張りたくない人はやめとこうね。

それでは、ありがとうございました。

一穂ミチ

この本を読んでのご意見、ご感想などをお寄せください。
一穂ミチ先生・竹美家らら先生へのはげましのおたよりもお待ちしております。

〒113-0024 東京都文京区西片2-19-18 新書館
[編集部へのご意見・ご感想] ディアプラス編集部「つないで イエスかノーか半分か 番外篇4」係
[先生方へのおたより] ディアプラス編集部気付 ○○先生

-初出-
ひらいて:小説DEAR+20年フユ号(Vol.76)
つないで:書き下ろし
月光浴(あるいは名和田深の憂鬱):書き下ろし

[つないで イエスかノーかはんぶんか ばんがいへん4]
つないで イエスかノーか半分か 番外篇4

著者:一穂ミチ いちほ・みち

初版発行:2020年8月25日

発行所:株式会社 新書館
[編集] 〒113-0024
東京都文京区西片2-19-18 電話(03)3811-2631
[営業] 〒174-0043
東京都板橋区坂下1-22-14 電話(03)5970-3840
[URL] https://www.shinshokan.co.jp/

印刷・製本:株式会社 光邦

ISBN978-4-403-52511-7